BASTEI
LÜBBE

THEODOR J. REISDORF IM
TASCHENBUCH-PROGRAMM:

13 886 Das Dünengrab
19 525 Friesenmorde
19 540 Du sollst nicht begehren…
19 574 TRödliche Teestunde
19 580 Die Tote vom Nordstrand
19 600 Noch mehr Friesenmorde
19 602 Mord im Fischerhafen
19 609 Todestörn nach Juist

THEODOR J. REISDORF

DU SOLLST NICHT BEGEHREN...

ROMAN

BASTEI LÜBBE

BASTEI LÜBBE TASCHENBUCH
Band 19 540

1. Auflage: Februar 1990
2. Auflage: Juli 1992
3. Auflage: November 1997
4. Auflage: August 2004

Vollständige Taschenbuchausgabe

Bastei Lübbe Taschenbücher ist ein Imprint
der Verlagsgruppe Lübbe

Umschlaggestaltung: QuadroGrafik, Bensberg
Druck und Verarbeitung:
Ebner & Spiegel, Ulm
Printed in Germany
ISBN 3-404-19540-X

Sie finden uns im Internet unter
www.luebbe.de
www.bastei.de

Der Preis dieses Bandes versteht sich einschließlich
der gesetzlichen Mehrwertsteuer.

1

Beate Multhaupt hatte ihren Dienst wie immer korrekt versehen, obwohl sie während des ganzen Tages unter depressiven Gedanken sehr gelitten hatte.

Endlich war es soweit. Die Filiale der Stadtsparkasse Oldenburg schloß die Schalter.

Beate Multhaupt hatte keinen weiten Weg nach Hause. An der Haustür ihres Reihenhauses in der Klipperstraße stand ihre Mutter. Beate nahm ihr den geistig behinderten Jungen vom Arm, küßte ihn und heulte drauflos.

An diesem Abend badete sie den kleinen Jochen selbst, fütterte ihn und legte ihn ins Bett. Sie rückte einen Stuhl zurecht und setzte sich zu ihm. Sie streichelte ihn und sprach zu ihm. Jochen spielte mit seinen Händchen. Aus seinem Mund quollen unverständliche Wortbrocken. Die kleinen Augen zwischen den Schlitzen verrieten Stumpfsinn. Was wollte ihr Kind ihr mitteilen?

Sie weinte, weil ihr Sohn nie begreifen würde, welche Last er ihr aufbürdete.

Als Jochen eingeschlafen war, holte sie sich eine Flasche Wein und nahm sie mit auf ihr Zimmer. Sie setzte sich an den kleinen Schreibtisch, nippte am Weinglas und ließ in Gedanken an sich vorüberziehen, wie alles angefangen hatte . . .

Dr. Johannes Zander gab im Apartment 505 des Columbushauses ein kleines Essen. Beate Multhaupt, seine Sekretärin und Lebensgefährtin, servierte an diesem Abend den wenigen Gästen Lukullisches aus der Küche des Ersten Hauses der Stadt Bremerhaven.

Eingeladen hatte Dr. Zander seinen Chef, den Leiter der Bremer Merkur-Bank, der in Begleitung seiner hausbackenen Gattin gekommen war.

Anwesend war auch sein Schulfreund, Professor an der Universität Bremen und Wirtschaftssenator der Hansestadt. Nicht vergessen hatte Johannes seinen Freund Onno Etzinga, der ihm nach harten Scheidungsauseinandersetzungen das Apartment preiswert vermietet hatte.

Beate Multhaupt stand im Mittelpunkt und wurde bewundert. Sie trug ein enganliegendes Kleid, das ihre Figur beneidenswert schlank erscheinen ließ.

Das Essen fand die Zustimmung der Gäste, und als Beate das Geschirr abräumte, servierte Johannes den Sekt. Danach ergriff Beate das Wort und sagte: »Liebe Freunde, ich freue mich, daß Johann es geschafft hat. Er bekommt die Position in New York. Unsere Bank hat den richtigen Bewerber ausgewählt.« Sie schritt zu ihrem Lebensgefährten, nahm ihn in die Arme und küßte ihn.

Die Gäste klatschten Beifall. Der Vorgesetzte Dr. Zanders erhob sich. »Herr Dr. Zander, Sie genießen unser Vertrauen. Wir sind sicher, daß Sie sich als unser Mann in New York behaupten werden«, sagte er und griff nach dem Sektglas.

Die Gäste folgten seinem Beispiel und prosteten Johann zu.

Der Professor wußte Neuigkeiten vom New Yorker Kunstmarkt. Bei seinem letzten Aufenthalt hatte er im ›Museum of Modern Art‹ Kunstwerke junger Maler aus Norden und Wilhelmshaven bewundern können. Er schwärmte von seinen Eindrücken und eröffnete ein Thema, das das Interesse der Anwesenden fand. Die Gattin des Bankchefs gab offen zu, daß sie sich den exzentrischen Spekulationen des Kunstmarktes fernhalten mußten, da alle Bankangestellten, also auch ihr Mann, keine Schulden machen durften.

Zur fortgeschrittenen Stunde weinte Beate Multhaupt und umarmte ihren Freund.

»Laß mich nicht lange allein«, hauchte sie ihm flehend ins Ohr.

»Du wirst mir sehr fehlen. Ich werde dich später zu mir holen«, flüsterte Dr. Zander. Er küßte Beate, stand auf und füllte die Sektgläser.

Danach ergriff Onno Etzinga, der Landwirt aus Aurich, das Wort: »Probleme gibt es hier und in New York genügend. Wir wollen deshalb unserem Auswanderer so echt das Nordseelied singen.« Er stimmte an, und alle sangen mit. Das Abschiedsfest für Johannes wurde allen zu einem unvergeßlichen Erlebnis.

Einige Wochen nach der Abschiedsparty fuhr Beate Multhaupt ihren VW-Fox auf den reservierten Parkplatz. Sie griff nach ihrer Einkaufstüte, nahm die Handtasche, verschloß das Auto und eilte dem Apartmenthaus entgegen. Sie öffnete die Haustür und blickte in den Briefkasten. Er war leer.

Enttäuscht betrat sie den Aufzug und fuhr nach oben.

Als sie die Wohnung betrat, verlor sie die Beherrschung. Sie ließ die Einkaufstüte und die Handtasche auf den Boden fallen, warf sich in einen Sessel und begann zu weinen.

Das hübsche Apartment ödete sie an. Sie war mit den Nerven am Ende. Johannes hatte nicht einmal eine billige Ansichtskarte aus New York geschickt. Und heute hatte sie Geburtstag!

Sie erhob sich aus dem Sessel, schritt an das Fenster

und blickte über den Schiffahrtsweg auf die im Dunst liegende Nordsee.

Johannes hatte alle Brücken hinter sich abgebrochen. Sie war nur seine Gespielin gewesen. Er hatte sie nicht geliebt!

Sie ging zu dem Beistellschrank, nahm sein Bild aus dem Rahmen, zerriß es zu kleinen Schnipseln, öffnete das Fenster und warf sie hinaus. Der Wind spielte mit den Fetzen und wirbelte sie wie Schneeflocken davon.

Sie verschloß das Fenster, weil sie in sich das Verlangen fühlte, einfach rauszuspringen und ihrem Leben ein Ende zu setzen.

Ich muß mit jemandem sprechen.

Sie dachte an ihre Kolleginnen, die verheiratet waren oder sich in festen Verhältnissen befanden.

Es war Freitag und Wochenende. Sie würde nur stören und ihre schlechte Laune übertragen.

Beate Multhaupt griff zum Telefonhörer. Sie wählte die Nummer ihrer Mutter, die in Oldenburg wohnte. Als sie ihre harte, lieblose Stimme vernahm, legte sie den Hörer auf die Gabel. Ihre Mutter war bereits senil. Auch sie hatte ihren Geburtstag vergessen. Unentschlossen stand sie am Fenster. Sie zuckte zusammen, als sie den Gong der Haustür vernahm. Der schrille Laut riß sie aus ihren traurigen Gedanken. Sie griff in ihr Haar, um es zu lockern, eilte ins Bad, betupfte kurz ihre Augenlider mit 4711 und schritt zur Tür. Neugierig schaute sie durch den Spion. Sie glaubte zu träumen. Sie sah Rosen, nichts als Rosen. Sie öffnete die Tür. Vor ihr stand Onno Etzinga.

Beate Multhaupt kamen die Tränen. Sie vernahm das ›Happy Birthday to you . . .!‹ Onno Etzinga sang und legte ihr einen duftenden Rosenstrauß in die Arme. Es waren dreißig.

»Das ist lieb von dir, Onno«, sagte sie dankbar.

Onno hängte seine Jacke im Korridor auf einen Bügel und setzte die Reisetasche ab.

Beate Multhaupt führte Onno ins Wohnzimmer. »Ich habe nicht einmal ein Stück Torte im Haus«, sagte sie und holte eine Vase.

Als sie die Blumen auf die Anrichte stellte, bemerkte Etzinga, daß das Bild seines Freundes Johannes dort nicht mehr stand. »Wir könnten irgendwo schick essen gehen«, sagte er und setzte sich in einen Sessel.

»Ich weiß nicht, mich noch einmal umziehen?« fragte sie, als spräche sie mit sich selbst.

»Wir haben uns lange nicht gesehen, Beate.« Onno Etzinga lächelte.

»Ich habe noch eine Flasche Wein«, sagte sie und verließ das Wohnzimmer.

Onno erhob sich. Er nahm den Kerzenständer von der Anrichte und zündete die Kerzen an.

»Und schon ist Stimmung da«, sagte Beate Multhaupt und reichte Onno Etzinga die Weinflasche. Sie holte einen Korkenzieher und Gläser. Onno goß die Gläser voll. »Auf daß die Hundert voll werden«, sagte er.

Sie prosteten sich zu.

»Hast du etwas von Johannes gehört?« fragte Beate und stellte das Glas ab.

Onno Etzinga wich ihrem Blick aus.

»Schon, Beate, aber heute — wo du dreißig geworden bist . . .« sagte er.

»Was ist?« fragte Beate Multhaupt gepreßt.

»Ihm geht es gut. Er schwärmt von seiner gutgewachsenen schwarzen Sekretärin«, sagte Onno Etzinga.

»So«, sagte sie zornig. Beate Multhaupt trank das Glas leer und ließ es sich von Onno wieder füllen.

»Sei nicht traurig, Beate. Du hast Johannes überschätzt. Er lehnt jede feste Bindung ab. Wie wäre es mit etwas Musik? Spanish Eyes oder Dr. Schiwago?« Onno schaute Beate Multhaupt mitfühlend an.

Sie stand auf, ging zu der Anrichte und küßte jede Rose einzeln. Ihr Weltschmerz wich einer aufkeimenden Fröhlichkeit. Sie suchte das Band mit den Schnulzen aus dem Vorrat und schob die Kassette in den Recorder. Auch Johannes mochte diese gemütsvolle Musik, dachte sie. Aber er war weit weg und trieb es mit einer Schwarzen. Sie setzte sich wieder auf die Couch und leerte ihr Glas.

»Zum Feiern gehören nicht nur Rosen«, sagte Onno. Er erhob sich und holte aus seiner Reisetasche zwei Flaschen Dom Pérignon, die er zum Kühlschrank brachte. Danach sprachen sie von früher. Beate sorgte für angemessene Gläser, als Onno eine gekühlte Champagnerflasche holte und sie öffnete. Schließlich hatte Beate Multhaupt nichts dagegen, als Onno die zweite Flasche aus dem Kühlschrank holte und die Kelche füllte.

Zur fortgeschrittenen Stunde hatte Beate Multhaupt auch nichts dagegen, als sich Onno mit einer Rose in der Hand zu ihr setzte und liebevoll sagte: »Beate, diese Rose macht dich noch jünger. Es sind nur noch neunundzwanzig in der Vase.« Er entfernte mit seinem Daumennagel die Dornen und steckte ihr die Rose in den Ausschnitt der Bluse.

Beate lachte vergnügt und schüttelte sich, als sie den kalten Stengel auf ihrer Haut fühlte.

Sie tranken den kühlen Champagner und kamen sich näher. Onno sorgte für Musik und für volle Gläser.

Beate Multhaupt war glücklich darüber, daß es jemanden gab, der sie mochte und sich darüber freute, daß es sie gab. Und es gab sie! Aus allen Poren drang ihre

Lebenslust! Weg waren die Gedanken an den Fenstersprung. Sie fühlte sich lebendiger denn je, als Onno Etzinga ihre Bluse entfernte, den BH öffnete und ihn ablegte. Berauscht sah sie zu, wie er sich auszog und Rosenblätter auf ihren nackten Körper fallen ließ. Sie roch den Schweiß des gestandenen Mannes und den Duft der Rosen, als er sich zu ihr legte, während draußen der Hausmeister vor der Tür stand und sein graues Haupt schüttelte. Er hatte den Mercedes mit dem Auricher Kennzeichen auf dem Parkplatz erkannt und wunderte sich über die Moral ›gewisser Kreise‹.

Beate Multhaupt war verliebt und glücklich. Die Arbeit bei der Bremer Merkur-Bank bereitete ihr wieder Freude. Onno Etzinga verwöhnte sie mit kleinen Aufmerksamkeiten. Mittwochs brachte der Fleurop-Händler regelmäßig einen Blumenstrauß.

Onno reiste samstags an.

Sie aßen dann in feinen Lokalen, besuchten die Oper oder ein Theater. Beate kaufte in den Boutiquen der Schickeria ein, und Onno zahlte großzügig.

Schon nach wenigen Wochen setzte Beate Multhaupt sich an ihren kleinen Schreibtisch und verfaßte mit dem Blick auf Onnos Foto einen bösen, ironischen Brief an ihren ehemaligen Lebensgefährten Dr. Zander und machte endgültig Schluß mit ihm.

Zwar war auch Onno Etzinga zwanzig Jahre älter als sie, aber er war Witwer und nicht geschieden. Hinzu kam, daß Onno vermögend war und nicht wie Johannes ihr Gehalt mit einkalkulieren mußte. Onno übernahm großzügig die Miete für das Apartment und versprach Beate die Ehe. Er beabsichtigte, seinen Betrieb zu verkaufen oder zu verpachten und ganz zu ihr nach Bremerhaven zu ziehen.

Beate Multhaupt schwelgte im Glück. Sie sah sich an der Seite ihres Geliebten auch in Zukunft auf Rosen gebettet. In dieser Stimmung zerriß sie den Brief aus New York ungelesen. Sie gehörte Onno und hatte Johannes Zander aus ihrem Leben verbannt.

An einem Samstag genoß Beate Multhaupt die entspannende Wärme eines Bades. Sie hatte dem Wasser Rosenöl zugefügt und auch einige Spritzer des Duftstoffes auf ihre bereitliegende Wäsche geträufelt.

Im Wohnzimmer hatte sie den Tisch bereits gedeckt. In eine Meißener Vase hatte sie Rosen mit zwei handgroßen Blüten und ein kleines Moosröschen gesteckt.

Mit dem Essen hatte sie sich viel Mühe gegeben. Sie hatte Wildschweinbraten mit Kroketten und Preiselbeeren vorbereitet.

Beate frottierte sich vor dem Spiegel. Zufrieden betrachtete sie ihren Körper. Sie war eine schöne Frau und hatte endlich ihre Erfüllung gefunden.

Auch Onno war schlank, hochgewachsen und sah gut aus. Wir bilden ein schönes Paar, dachte sie und zog sich an. Sie ließ das Badewasser ab und betrat das Wohnzimmer.

Lange stand sie vor dem Bild ihres Geliebten. Hoffentlich wird es ein Junge, dachte sie. Sie wünschte sich ein kleines winziges Abbild ihres Liebhabers Onno.

Sie schaute auf die Uhr. Noch eine Stunde! Sie fieberte Onnos Ankunft entgegen, um ihm die freudige Nachricht mitzuteilen, daß sie schwanger war . . .

Es war bereits spät, als Beate Multhaupt ihre Rückschau beendete. Sie trank den Rest des Weines, löschte das Licht in ihrem Arbeitszimmer und schritt leise über den Korridor zum Kinderzimmer. Sie öffnete die Tür und vergewisserte sich, daß Jochen schlief.

»Onno, du sollst in der Hölle schmoren, falls es eine gibt«, flüsterte sie und ging nach unten.

In der Küche trank sie ein Glas Sprudel. In einem Glas auf der Anrichte sah sie die Zahnprothese ihrer Mutter.

Was würde aus Jochen, wenn sie nicht mehr für ihn sorgen konnte?

Diese Frage hatte Onno Etzinga sich nie gestellt! Er hatte schnell ein Bett gefunden, in dem ein anderes Weib ihm sündige Wärme bot!

2

Die Familie Mentjes hatte sich zu einem Gespräch in der guten Stube um den Eßtisch versammelt.

Als wäre sich jeder der Bedeutung der Zusammenkunft bewußt gewesen, hatten sich alle mit ihrer Kleidung angepaßt. Selbst Harm Mentjes hatte seine fleckige Drillichhose abgelegt, sich für eine gereinigte Manchesterhose entschieden und einen frischen Troyer angezogen.

Der Tee war zubereitet. Die Kanne stand auf dem Stövchen, der Tisch war gedeckt. Plätzchen türmten sich in einer Glasschale. So, als gäbe es auch eine Gesprächsordnung, erhob Swantje Mentjes sich, als der Zeiger der antiken Standuhr auf acht Uhr sprang. In den ersten

Glockenschlag hinein sagte sie: »Der Tee wird uns allen guttun.« Ihre Stimme klang müde.

Harm Mentjes grinste geringschätzig. Er sehnte sich nach einem Schnaps. Es war so still, daß sie das Knistern der Kandiszuckerstücke vernahmen, als Swantje Mentjes den Tee ausschenkte.

Alle nippten an den Tassen. Uwe Mentjes räusperte sich: »Es ist nicht notwendig, darauf hinzuweisen, daß das Weihnachtsfest sich nähert. Ich frage mich allerdings, ob wir uns als Familie nicht schon so weit auseinandergelebt haben, daß es für uns kein gemeinsames christliches Fest mehr geben kann. Schlimmer noch: Wir sind dabei, uns gegenseitig zu quälen!«

»Vater, wenn du nachts im Suff mit einer Axt im Hause herumgeisterst, dann ist das für uns nicht nur beängstigend, sondern sogar bedrohlich. Du hast eine Familie, auf die du stolz sein kannst. Mutter ist trotz ihrer Jahre immer noch eine attraktive Frau, die zu dir steht. Du bist ein tüchtiger Landwirt und hast es zu einem ansehnlichen Wohlstand gebracht«, sagte Tochter Anja.

Harm Mentjes bemühte sich um Haltung. Er blickte auf den Boden, als alle ihn vorwurfsvoll anschauten. Seit 16 Uhr hatte er keinen Schluck mehr gehabt. Das zerrte an seinen Nerven. In ihm rumorte es. Er schaute in Richtung Küche. Im Kühlschrank befand sich der gekühlte Corvit.

»Für euch bin ich der Zugochse. Jeder macht, was er will. Du studierst, Uwe — und was ist? Du verachtest mich, und ich zahle.« Böse schaute er auf seine Frau. »Mutter zieht es nach Höherem! Volkshochschule! Chorsingen! Ich bleibe der dumme Bauer. Die Tochter treibt es mit einem Nigger! Wer soll das alles verkraften?« schrie er und rieb seine Hände nervös über seine Oberschenkel.

»Vater, du hast nicht das Recht, über Mutter herzuziehen, weil sie neben ihrer harten Hofarbeit sich auch geistig betätigen will. Warum überwindest du dich nicht einmal zu einem Theaterbesuch?« sagte Uwe erregt.

»Theater. Ja, das ist es! Soll ich jetzt auf dein aufgeblasenes Gequassel reinfallen?« schrie Mentjes.

»Besinne dich auf frühere Jahre, Vater. Es war einmal anders hier in unserem Haus«, antwortete Uwe.

Swantje Mentjes weinte. Anja neigte sich vor und sagte bitter: »Du bist so egoistisch und blind, daß du uns alle mit deiner Kleingärtnermentalität messen willst. Allan ist Amerikaner, er ist ein Mann mit Bildung. Und du richtest, ohne ihn zu kennen, nur weil Gott ihm eine schwarze Haut gegeben hat und dir einen miesen Charakter!«

Harm sah seine Tochter böse an.

»Und wo bist du, wenn uns die Arbeit über den Kopf wächst? Bei deinem Nigger!« brüllte er.

»Vater, wer Wind sät, wird Sturm ernten«, sagte Uwe vorwurfsvoll.

Der Alte lachte hämisch: »Du Rotzbengel, wer sät und wer erntet hier? Wenn ihr ›Kassieren‹ Ernten nennt, dann seid ihr alle Weltmeister.«

»Und wenn du ohne Schnaps nicht leben kannst, dann haben wir die Möglichkeit, dich zu einer Entziehungskur anzumelden«, stellte Uwe fest.

Harm Mentjes starrte seinen Sohn wütend an.

»Ihr mich anmelden! Ich bezahle euren Luxus, und mich wollt ihr anmelden?« Er stand auf und eilte in die Küche. Sie sahen sich an. Sie stießen auf Granit. Er hatte die Flasche bereits am Hals, als er zurückkam.

»Ich bestimme, wann ich aufhöre!« brüllte er sie an.

Swantje Mentjes hatte bis jetzt geschwiegen. Schluchzend sprach sie vor sich hin: »Harm, ich habe dich geliebt, doch was hast du aus mir gemacht? Ich war deine Magd. Wie ein Bulle, den man zur Kuh führt, hast du dich im Bett benommen. Das Leben bestimmte die Hofarbeit. Meine Liebe zur Kunst, mein Wissensdrang fanden Erfüllung in der Schularbeitbetreuung der Kinder. Doch dann kam das Ende. Niemand brauchte meine geistigen Fähigkeiten mehr. In mir stumpfte alles ab. Du gabst dich dem Alkohol hin, mir blieb das Fernsehen und die Angst vor deinen Kräften.«

Harm nahm einen tüchtigen Schluck aus seiner Flasche.

»Ab Weihnachten wird sich alles ändern. Den Heiligen Abend gestalte ich! Wir feiern einen Neubeginn«, sagte er zerknirscht.

»Ohne Schnaps, Vater?« fragte Uwe.

»Ja«, sagte Mentjes und stellte die Corvit-Flasche auf den Boden.

Der erste starke Wintereinbruch hatte über Nacht eingesetzt. Selbst am Tage lagen die Temperaturen noch bei minus vier Grad. Es schneite ununterbrochen. Die Straßen waren spiegelglatt.

Harm Mentjes fuhr seinen Mercedes mit angepaßter Geschwindigkeit. Er benötigte fast eine Stunde, bis er in der Kreisstadt Aurich ankam und auf dem Pferdemarkt einen Parkplatz fand.

Er betrat den Supermarkt, schob einen Einkaufswagen vor sich her und fand schnell die Regale, die Knabberzeug und Wein enthielten.

Er bezahlte und verstaute seinen Einkauf im Kofferraum seines Wagens. Vor der Kaufhalle erstand er einen Weihnachtsbaum, den er auf dem Dachgepäckträger festband.

Danach verließ er seinen geparkten Wagen und ging zu Fuß zur Burgstraße. Beim renommierten Schlachter bestellte er ein kaltes Büffet der Spitzenklasse für den Heiligen Abend.

Die Weihnachtsdekoration tauchte die Burgstraße verschwenderisch in gleißendes Licht. Auch sein Skatbruder Wert Koller hatte mit Licht nicht gespart. Es brach sich im Schaufenster tausendfach in den ausgestellten Schmuckstücken.

Harm schritt an der Verkäuferin vorbei, die pünktlich zum Feierabend die Ladentür schloß. Wert Koller stand hinter seinem Verkaufstresen.

»Eine lausige Kälte«, sagte Mentjes und rieb sich die Hände.

»Suchst du Schmuck zum Fest für deine Grazien?« fragte Koller.

»Ihnen fehlt es sonst an nichts, Wert. Und mit der Mode kenne ich mich nicht aus«, antwortete Mentjes und blickte auf die gefüllten Vitrinen.

Koller rollte bereits das dunkelgrüne Samttuch auf dem Verkaufstresen aus. Harm schaute unsicher zu.

»Du bist der Fachmann, Wert. Für Swantje so um die dreitausend Mark und für Anja etwa die Hälfte«, schlug er vor und kraulte seinen Vollbart.

Wert Koller hatte Geschmack, das wußte Harm.

»Hier habe ich ein besonders preiswertes Stück, Harm. Es heißt ›Gezeiten‹. Eine Arbeit aus der Kollektion Kern, Düsseldorf«, sagte Koller und legte das wellenförmige Anhängsel samt Goldkette auf das Samttuch. »Wie im Leben. Die Liebe geht, die Liebe kommt«, scherzte er.

»Gut. Ich kaufe das Stück«, sagte Harm Mentjes.

»Und für Anja?« fragte Koller.

»Vielleicht hast du etwas Amerikanisches da?« fragte Harm.

»Wie wäre es mit einem Golddollar an einer Massivkette?«

Koller hielt den Schmuck hoch.

Mentjes sah seine groben Vorstellungen erfüllt.

»Ich lasse dir die beiden Stücke für viertausendfünfhundert Mark«, sagte Koller.

»Das geht klar. Ich bin froh, daß ich die Geschenkfrage gelöst habe.«

»Du kannst mir das Geld überweisen«, sagte Koller. Er griff nach kleinen Schachteln und Weihnachtspapier. »Komm doch noch auf ein Bier mit nach oben, Harm«, schlug Koller vor und händigte seinem Skatfreund die Schachteln aus.

»Warum nicht. Ich habe Zeit. Swantje probt heute abend im Kirchenchor für das Weihnachtssingen, und Anja kommt spät von ihrem Freund Allan zurück«, antwortete Harm Mentjes und folgte Koller über die Treppe zur Wohnung.

»Meine Frau besucht unsere Tochter in Esens. Oma paßt auf die Kinder auf. Die jungen Leute heute . . .« sagte Koller geringschätzig und ging in die Küche.

Er kam zurück und stellte Bierflasche und Gläser auf den Tisch.

»Ich bin kein Weihnachtsfan, Harm. Diese Aufregungen vorher und dann diese Sentimentalitäten«, sagte er und füllte die Gläser.

»Ich hoffe, daß es mir gelingt, mit Hilfe des Tannenbaumes und den Geschenken meine Lieben ein wenig zum Nachdenken zu bringen«, sagte Harm Mentjes.

Sie prosteten sich zu.

»Unser Skatabend muß ausfallen, Harm«, sagte Koller.

»Ich habe noch etliche Geschenke zu gravieren. Folkert Ideus rief mich an. Er kann ebenfalls nicht.«

»Weiß Onno Bescheid?« fragte Harm Mentjes.

»Noch nicht. Du kannst ja eben bei ihm anhalten«, sagte Koller.

Es war bereits 22 Uhr, als Harm Mentjes sich von seinem Skatbruder verabschiedete. Er schritt durch den Schnee zum Parkplatz, kratzte die Scheiben frei und stieg in den Wagen.

Die Schneedecke war ausgefahren. Er fuhr in angepaßter Geschwindigkeit in Richtung Tannenhausen.

Auch Onno Etzinga sang im Kirchenchor. Um diese Zeit mußte er zu Hause sein. Onnos Tochter Kerstin besuchte ihren Bruder Uwe in Hamburg.

Mentjes bog in den Versorgungsweg ein und warf einen Blick auf die dunklen Fenster im Wohnhaus seines Nachbarn.

Er fuhr seinen Mercedes an der Scheune vorbei und parkte in der Nähe der Haustür. Er stieg aus und ging zum Haus. Nirgendwo brannte Licht. Er schaute auf die Uhr. Das Singen mußte zu Ende sein. Vielleicht trank Onno irgendwo ein Bier. Achselzuckend stieg er in seinen Wagen und fuhr nach Hause.

Auch Swantje war noch nicht zurück. Er schloß die Haustür auf und bemühte sich, die aufkeimende Eifersucht zu verdrängen. Er entfernte den Tannenbaum vom Gepäckträger und trug den Einkauf in die Küche.

Für Minuten stand er unentschlossen vor dem Fernseher. Da auch seine Tochter Anja noch nicht nach Hause gefunden hatte, packte er wütend einige Bierflaschen in einen Korb und verzog sich auf sein Zimmer. Schon seit geraumer Zeit hatte Swantje sich eine eigene Kammer hergerichtet, zu der sie ihm nur gelegentlich Zutritt gewährte.

Harm Mentjes trank Bier und dachte über sein Eheleben nach. Swantje hatte in soweit Recht, daß ihr Zusammenleben in abgestumpften Gewohnheiten erstarrt war. Die Führung des Hofes mit dem Ziel, Gewinne zu erzielen, war nach dem Großziehen der Kinder in den Vordergrund gerückt. Er war kein junger Hüpfer mehr, und die Zuneigung zu Swantje war für ihn so selbstverständlich, daß er sich albern vorkommen würde, wenn er sie an der Hand nehmen und wie früher mit ihr in hellen Mondnächten spazierengehen sollte. Aber auch Swantje hatte seine ergrauten Haare nicht mehr gekrault und ihm ihre zum Kuß gespitzten Lippen nicht mehr hingehalten. Im Gegenteil, sie war nörglerisch geworden mit den Jahren. An allem, was er unternahm, meckerte sie herum.

Ihre Gespräche, in deren Mittelpunkt der Weg ihrer Kinder stand, verebbten immer mehr neben dem sinnlosen Durcheinander der Sensationen der Medien.

So in Gedanken verstrickt, vernahm er, wie Swantje ihre Kammer betrat. Es war sehr spät. Er erhob sich, zog hastig seinen Schlafanzug aus und verließ sein Zimmer. Er wollte Swantje lieben und mit ihr reden. Nun mied er den Schnaps und wollte sich ändern.

Er griff zur Klinke, doch die Tür war bereits verschlossen.

»Mach auf, Swantje! Ich will mit dir reden!« rief er enttäuscht.

»Heute nicht«, antwortete sie.

»Aber Swantje, es gibt da einiges. Öffne bitte die Tür«, sagte er.

»Werde zuerst einmal trocken!« rief sie. Er vernahm ihr Kichern.

Harm Mentjes kam sich unwürdig vor in seiner Nacktheit vor verschlossener Kammertür. Er hörte die Schritte seiner Tochter, die nach Hause kam.

Er suchte sein Zimmer auf und trank den Rest des Bieres.

Sollte Swantje ihn nach all den Jahren betrügen? Dabei wollte er nicht tatenlos zusehen! Er legte sich auf das Bett und schlief sehr unruhig. Ihm stand immer noch der Sinn nach ihrem schönen Körper.

3

Mentjes fuhr die Milchkannen an die Straße. Es schneite, und ein kalter Wind wirbelte ihm die Flocken entgegen. Er mußte nicht lange warten. Der Tankwagen der Molkerei war auch am Heiligen Abend pünktlich.

Der Fahrer saugte die Kannen leer.

»Frohes Fest, Herr Mentjes«, sagte er, als er fertig war.

»Wollen wir es hoffen«, antwortete Harm Mentjes und schob den Karren mit den Kannen dem Stall entgegen. Er klopfte sich den Schnee von der Kleidung und spülte die Kannen in der Milchküche aus. Danach versorgte er das Vieh.

Nach dem Essen verließ er die Küche und fegte das Hofgelände frei. Immer noch schneite es. Er betrachtete sein Anwesen. Der Hof sah schön aus mit den verschneiten Dächern. Die Tannen waren wie in Watte gepackt, und die Weidenpfähle trugen kleine Schneehauben.

Mentjes sah, wie seine Frau über den Hof schritt, die Garagentür öffnete und in den Golf stieg. Ohne Notiz von ihm zu nehmen, fuhr sie über die geräumte Auffahrt davon.

Harm entdeckte im Vorgarten hoch aufgeworfene Maulwurfshügel. Massenhaft stießen die erdigen kleinen Buckel aus der Schneedecke.

Als geborener Landwirt mochte er keine Schädlinge. Er ging in den Geräteschuppen, holte aus dem Stellfach Maulwurfgift, hob die gefrorenen Erdhügel ab und verteilte das Gift in die Kanäle.

Wie schnell ein Jahr vergeht, dachte er wehmütig. Er holte den Weihnachtsbaum aus der Garage und schnitt das feinmaschige Netz auf, das die Zweige des Tannenbaumes an den Stamm preßte.

Er brachte den Baum ins Haus und ging auf den Speicher, um den Baumständer, die elektrischen Kerzen und den Baumschmuck zu suchen. Schließlich trug er alles im Wohnzimmer zusammen.

Das war seine Weihnacht! An nichts sollte es fehlen. So wie er früher den Baum geschmückt hatte, so sollte er in diesem Jahr nach vielen Enttäuschungen alle an glückliche Jahre erinnern.

Er befestigte den Baum im Ständer und schmückte ihn.

Swantje war noch nicht zurück, als der Schlachter kam und das Büffet anrichtete. Erst um 17 Uhr betrat sie das Haus. Sie ging an ihm vorbei, ohne etwas zu sagen.

Harm wußte, daß sie sich jetzt umziehen mußte. Um 18 Uhr war das Weihnachtssingen in der Lamberti-Kirche in Aurich.

Onno Etzinga, sein Nachbar, betrat die Küche. Mit seinem offenen Trenchcoat, dem Blazer und der dazu passenden Krawatte wirkte er wie ein Mann von Welt. Er trug sein volles angegrautes Haar im kurzen Schnitt.

»Kommst du nicht mit?« fragte er, als sei er überrascht, seinen Nachbarn in Stallkleidung anzutreffen.

»Das Vieh und die Vorbereitungen«, sagte Harm.

»Ich bin froh, wenn die Show vorbei ist«, meinte Etzinga.

»Möchtest du einen Schnaps?« fragte Harm.

»Nach dem Singen«, antwortete Etzinga.

Swantje betrat die Küche. Sie sah bezaubernd aus in ihrem blauen Kostüm. Wie eine Stewardeß hatte sie sich ein Seidentuch locker um den Hals gelegt. Ihren Mantel trug sie auf dem Arm. Achtlos ging sie an Harm vorbei.

»Bis dann!« rief Onno. Harm blickte hinter beiden her.

Swantjes Beine waren immer noch schön. Unter den Seidenstrümpfen war nicht eine hervorstehende Ader zu sehen. Die hochhackigen Schuhe erhöhten ihre Eleganz.

Sie hat mich aufgegeben, dachte er und ging in den Stall.

Er schaute auf die Kühe, die im fahlen Licht in den Boxen standen. Er kannte sie alle mit Namen. Das war sein Leben, und er wollte, daß es so blieb.

Er legte die Saugnäpfe der Melkmaschine an die Euter der Kühe und kämpfte mit seiner Enttäuschung.

Weiß sie wirklich nicht, welche Qualen ich auf mich nehme, um vom Alkohol loszukommen? Hat sie mit Onno geschlafen?

Er horchte auf den Takt der Melkmaschine. In Aurich, in der Lamberti-Kirche, waren es Orgelklänge, begleitet von den eingeübten Stimmen des Chores, die die Besucher vom Alltag entrückten.

Harm Mentjes duschte, zog sich um und wartete im Wohnzimmer auf die Kirchenbesucher.

Beim Anblick des geschmückten Weihnachtsbaumes und des lodernden Kaminfeuers spendeten sie begeistert Beifall. Harm sah, wie Onno Etzinga sich in den Sessel vor dem kleinen Couchtisch setzte, während Swantje sich ihm gegenüber auf der Couch niederließ. Die jungen Leute nahmen am Tisch Platz.

Mentjes stellte sich neben den Weihnachtsbaum, langte nach dem kleinen Glöckchen, das er in Handhöhe zwischen blinkendem Lametta an einen Ast gehängt hatte. Er ließ es leise erklingen, lächelte freundlich, legte seine fleischigen Hände übereinander und begann zu sprechen.

»Liebe Familie, liebe Gäste! Das gemeinsame Beisammensein am Heiligen Abend gehört zu einer alten ostfriesischen Tradition. Für uns bildet die Familie immer noch eine Festung im ländlichen Leben. Ich freue mich, daß wir heute abend mit unserem Nachbarn Onno Etzinga, seiner Tochter Kerstin und mit Anjas Freund Allan Strawberry gemeinsam den Heiligen Abend feiern können.«

Harm schwitzte. Er schaute zu Swantje hinüber. Sie blickte ihn ironisch an. Er ignorierte es und fuhr fort: »Wie bei uns üblich, spiele ich den Weihnachtsmann.«

Er bückte sich und nahm vom Boden eine kleine Schachtel auf.

»Swantje, für deine Geduld mit mir und die fast fünfundzwanzigjährige Treue und Mitarbeit«, sagte er und schritt zu der kleinen Sitzecke. Er überreichte seiner Frau das Geschenk.

Langsam begann sie das Weihnachtspapier zu entfernen. Harm wartete vergeblich auf ein Dankeschön. Er ging zum Tannenbaum zurück, hob ein weiteres Geschenk vom Boden auf.

»Anja, in Liebe von deinem Vater«, sagte er und gab seiner Tochter die kleine Schachtel.

Für Uwe hatte er zwei Tausendmarkscheine in ein Kuvert gelegt. Er brachte Allan Strawberry eine Versandtasche mit einer gebuchten Busreise nach Rom, für ihn und Anja. Kerstin hatte er ein mehrbändiges Kunstlexikon gekauft.

Harm Mentjes genoß die Freude und den Dank der Kinder, die ihn umringten und ihn an sich drückten.

Der Schwarze war sehr gerührt. Er legte seinen Arm um seine Schulter. »Thanks«, hauchte er.

Harm Mentjes trat an den Getränketisch, stieß zwei Gläser zusammen und rief: »Frohe Weihnachten und Prost.«

Die Party kam in Fahrt. Am Getränketisch ging es hoch her. Uwe bediente die Stereoanlage, und das ›Stille Nacht, heilige Nacht‹ drang dezent aus den Boxen.

Harm sah, wie Onno Etzinga zum Getränketisch ging, die Flasche mit dem Klaren aus dem Eiskübel nahm und ihm zuwinkte.

»Harm, wir müssen zusammen einen trinken«, sagte er einladend. Er trug drei Gläser in der Hand.

Harm trat an den hergerichteten Tisch.

»Das Büffet ist angerichtet«, rief er und entfernte die Folien.

Die jungen Leute griffen nach Tellern und Bestecken. Nur Swantje und Onno blieben sitzen. Er ging zu ihnen und ließ sich in dem freien Sessel vor dem Couchtisch nieder.

Onno füllte die Schnapsgläser. Harm spürte die Verlockung. Doch sein Versprechen hielt ihn davon ab, den kalten Schnaps in sich hineinzukippen.

Swantje schaute ihn fragend an.

Onno Etzinga hob das Glas.

»Zum Wohle«, sagte er.

»Ich trinke keinen Schnaps, Onno«, sagte Harm.

Swantje sprang auf und eilte zum Getränketisch. Sie kam zurück und stellte zwei Flaschen Bier auf den Tisch.

»Das ist ja nun dein neues Gesöff«, sagte sie ironisch.

»Ja, Swantje«, sagte Harm überrascht.

Onno trank den Schnaps, wischte sich den Mund mit der Handfläche ab und atmete tief durch.

Harm zögerte. Er langte nach der Bierflasche.

»Harm, Swantje, was ist mit euch los?« fragte Etzinga nervös.

Swantje sprang auf und rannte davon. Harm Mentjes stellte die Bierflasche ab.

»Swantje sollte schon anwesend sein, wenn es um uns geht«, meinte Harm.

Onno stand auf. Er holte Swantje zurück an den Tisch.

»Swantje, ich bleibe nicht nur trocken, sondern auch tolerant«, sagte Harm und schaute sie ernst an.

Swantje griff nach der Bierflasche und sagte verbittert: »Prost!«

Auch Harm langte wieder nach der vor ihm stehenden Bierflasche, setzte sie an seinen Mund und trank sie in einem Zuge leer. Als er die Flasche hart auf den Tisch abstellte, sah er, wie Swantje ihn kurz anschaute und sich auf die Couch fallen ließ. Sie erhob sich mühsam und stierte ihn an. Dann sackte sie zusammen. Er vernahm ihr schmerzhaftes Röcheln. Ihr Oberkörper zuckte, und plötzlich lag sie wie tot auf der Couch.

»Einen Arzt, sie stirbt!« schrie Onno verzweifelt.

Harm sah, wie die jungen Leute sich dem Couchtisch näherten. Er eilte zum Telefon und bestellte einen Arzt und einen Krankenwagen. Dann trat er vor das Haus.

4

Es schneite nicht mehr. Der Mond warf fahles Licht.

Der Frost kühlte seinen Schweiß. Er stierte gebannt auf die Einfahrt.

»Schicksal«, sagte er mit fester Stimme. Er beobachtete den BMW, der auf die Einfahrt rollte, und wartete, bis der Arzt ausgestiegen war.

»Ihre Frau?« fragte Dr. Tholen. Harm nickte nur und führte den Arzt ins Haus.

Etzinga machte Platz.

Der Arzt hob Swantjes Augenlider an. Schweigend entnahm er seiner Tasche das Stethoskop, öffnete Swantje die Bluse und horchte sie ab.

»Ist der Krankenwagen bestellt?« fragte er.

»Ja, er muß gleich kommen«, sagte Mentjes.

Swantje lag ohne Anteilnahme auf der Couch.

»Hat Ihre Frau irgend etwas Außergewöhnliches gegessen?« fragte Dr. Tholen.

»Wir tranken gemeinsam ein Bier. Plötzlich fiel sie in Ohnmacht«, sagte Harm.

Die Männer des Krankenwagens kamen mit einer Bahre. Der Arzt half ihnen, Swantje umzubetten.

»Ich begleite Ihre Frau zum Krankenhaus«, sagte Dr. Tholen.

»Kann ich mit?« fragte Uwe. Der Arzt nickte.

Harm sah zu, wie sie Swantje aus dem Haus trugen. Er ging zum Tannenbaum und löschte die elektrischen Kerzen.

Wortlos verließ Etzinga das Zimmer. Seine Tochter Kerstin stützte ihn.

Harm nahm eine Flasche Bier und setzte sich an den

Tisch. Anja begleitete Allan nach draußen. Sie schluchzte, als sie zurückkam.

»Geh auf dein Zimmer und weine dich dort aus, Kind«, sagte Harm gefaßt, »ich warte hier auf Uwe.«

Harm Mentjes trank Bier und rauchte seine Pfeife. Er war dankbar, daß Anja ihn alleine gelassen hatte.

In Gedanken ging er die Jahre mit Swantje noch einmal durch. Beim Feuerwehrball im Sommer 1960 waren er und Swantje sich nähergekommen. Es waren herrliche Jahre gefolgt. Er hatte Swantje geschwängert, und sie hatten geheiratet und im Glück geschwelgt.

Harm Mentjes ließ die Bilder kommen und gehen. Erst als Uwe ihn in die harte Wirklichkeit zurückrief, durchfuhr ihn ein tiefer Schmerz.

»Vater, Mutter ist tot!« Uwe ging schluchzend nach oben.

Harm weinte lange und still vor sich hin.

Die Herren der Skatrunde saßen unter geschwärzten Balken im ›Upstaalboom‹ und reizten ihre Karten aus.

Der alte, ergraute Wirt stand hinter dem Tresen und unterhielt sich mit einigen Gästen, die auf den Barhockern saßen. Er griff nach dem Tablett und ging zum Skattisch.

Landwirt Mentjes ging hart mit seinen Skatbrüdern ins Gericht.

»Onno, ich hatte eine blanke Zehn!« schimpfte er erbost.

Der Wirt wunderte sich über die erhitzte Debatte. Er stand wartend am Tisch.

»Du konntest das Spiel nicht nach Hause bringen, Harm. Ich hatte Herz König und Pik As!« Schmuckhändler Wert Koller versuchte, den Landwirt zu beruhigen.

»Hinni, vier Bier und vier Korn auf meinen Deckel. Das ist mir das Spiel wert«, sagte Folkert Ideus.

Harm Mentjes schaute seinen Skatbruder böse an.

»Ich trinke keinen Kurzen!« zischte er.

»Warum so böse?« fragte Ideus.

Wert Koller mischte die Karten. Harm stritt noch immer mit seinem Nachbarn Onno Etzinga.

»Du bringst uns heute abend ganz schön auf Trab, Harm«, sagte Folkert Ideus. »Onno kann nicht dafür, daß du eine Pechsträhne erwischt hast.«

Mentjes sprang auf. »Ihr könnt mich alle mal!« brüllte er und ging zum Tresen, um zu zahlen.

Wert Koller warf die Karten auf den Tisch. Er sah, wie Harm Mentjes das Lokal mit großen Schritten verließ, ohne sich umzuschauen.

»Harm hat den Tod seiner schönen Swantje noch nicht verkraftet«, sagte er, als suche er nach einer Entschuldigung.

»Harm hat es schwer. Sein Hof ist um einige Hektar größer als meiner. Dennoch finde ich sein Verhalten nicht angebracht«, sagte Onno Etzinga.

»Harm hat doch eine neue Hilfe. Das Arbeitsamt hat ihm eine Vietnamesin aus dem Asylantenheim vermittelt. Sie soll sehr knusprig sein«, sagte Wert Koller und grinste.

»Dennoch fühlt er sich von seinen Kindern alleingelassen«, stellte Onno fest.

»Sein Sohn Uwe ist doch dein Schwiegersohn in spe, Onno«, sagte Folkert Ideus.

»Der hat noch nie etwas für die Landwirtschaft übriggehabt!« sagte Koller.

»Seine Tochter Anja geht mit einem Schwarzen von der

Raketenabwehrstation«, antwortete Onno Etzinga und grinste abwertend.

Der Wirt brachte die Bestellung an den Skattisch. »Harm soll etwas mit seiner Magd haben«, sagte er und blickte seine Gäste neugierig an.

»Tratsch«, sagte Folkert Ideus und langte nach seinem Portemonnaie.

Auch Etzinga und Koller zahlten.

»Und was wird aus unserem Skatabend?« fragte Wert Koller.

»Ich schlage vor, daß wir für ein paar Wochen pausieren«, sagte Onno Etzinga.

Onno Etzinga hatte den Stall entmistet, das Vieh mit frischem Stroh versorgt, die Milchkannen gespült, die Silagereste von der Karre abgespritzt. Er legte seine Stallkleidung ab und stellte sich unter die Dusche.

Das warme Wasser entspannte ihn. Viele Gedanken schossen ihm durch den Kopf.

Etliches war anders verlaufen, als er erwartet hatte. Der Tod Swantjes, der berufliche Ärger mit der Milchquotenkürzung, die wachsende Unzufriedenheit seiner Kollegen, die von ihm konkrete Stellungnahmen und Proteste im Bauernverband und in der Partei forderten, und der sinnlose Streit mit seinem Skatfreund und Nachbarn Mentjes.

Etzinga nahm sich vor, kürzerzutreten, vielleicht sogar seinen Betrieb in absehbarer Zeit aufzugeben. Kerstin war als Lehrerin bestens versorgt, und für ihn würden seine Ersparnisse und Kapitalanlagen reichen.

Der einzige Wermutstropfen in seinem Leben war Beate Multhaupt mit ihrem idiotischen Kind. Sie war unberechenbar. Er hatte gezahlt, und noch ließ sie ihn in Ruhe.

Aber was geschah, wenn ihre Mutter starb und das Kind in ein Heim mußte?

Onno Etzinga stellte die Dusche ab, frottierte seinen muskulösen Körper und schlüpfte in die bereitgelegte Stadtkleidung. Er ging in sein Arbeitszimmer, setzte sich an seinen Schreibtisch und studierte die Bestelliste der Bezugs- und Absatzgenossenschaft.

Wieviel Saatgut, Sprühmittel und Kunstdünger hatte er im Vorjahr bestellt? Auch er disponierte wie alle Landwirte vor, um in den Genuß der Rabatte zu gelangen.

Er stand auf und holte den Aktenordner aus dem Regal. Noch vor Jahren hatte er alle Zahlen im Kopf gehabt. Er füllte die Bestelliste aus. Die fällige Steuererklärung ging ihm durch den Kopf. Er verließ sein Arbeitszimmer, um die Post zu holen. Der Briefkasten war voll. Obenauf lag die GEW-Zeitung seiner Tochter.

Er nahm den Packen Briefe in die Hand und sah sie durch. Die Werkstatt kündigte eine Traktorvorführung an. Die Genossenschaft lud ihn zu einer Weinprobe ein. Doch dann stutzte er. Er las den Absender. ›Dr. Johann Zander, Benjamin Franklin Street A/6, Queens/New York.‹

Ihm schlug das Herz bis zum Halse. Er schaute sich um, als könnte es Zeugen geben. Kerstin war zur Schule. Sie hatte am Nachmittag eine Konferenz und würde vor 17 Uhr nicht zurück sein.

Er eilte die Treppe hoch. Außer Atem setzte er sich an seinen Schreibtisch und öffnete das Kuvert.

Er las den Brief und schimpfte. »Das ist die reinste Erpressung. Gut, ich bin nicht ganz unschuldig an dem Verlauf. Doch ich habe draufgezahlt. Soll ich meine letzten Reserven auflösen? Johannes, treib dein Spiel nicht zu weit!«

Er war in Rage. Wütend schritt er einige Male im Arbeitszimmer auf und ab, zerriß den Brief in kleine Schnipsel, ging zur Toilette und spülte sie weg. Danach ging er nach unten, zog seinen Lodenmantel über und betrat die Traktorgarage. Dort stand er für einige Minuten vor dem Regal, das die Gifte enthielt, die er als Landwirt einsetzte.

Immer noch außer sich, studierte er die Etiketten. Danach eilte er entschlossen zu seinem Mercedes und fuhr nach Oldenburg.

Etzinga stellte seinen Wagen auf dem Parkplatz des Supermarktes Fanka ab und schritt wie ein Spaziergänger der nahegelegenen Siedlung entgegen. Vor dem kleinen Reihenhaus in der Klipperstraße mit der Nummer 25a verharrte er. Er blickte auf die Tür und kämpfte für Sekunden mit seiner Entscheidung. Danach drückte er entschlossen den Klingelknopf.

Die verkalkte Alte, die ihm die Tür öffnete, schaute ihn mißtrauisch an. »Ist Ihre Tochter zuhause, Frau Multhaupt?« fragte Onno Etzinga.

»Nein«, antwortete sie.

»Arbeitet sie in der Stadtsparkasse?« fragte Onno Etzinga.

»Das kann sein.«

»Kennen Sie mich nicht?« fragte er weiter.

»Nein, aber Sie haben mit dem Haus zu tun«, antwortete sie bedächtig, als würde sie nachdenken.

»Es gibt ein paar Unklarheiten mit dem Finanzamt und der Brandkasse. Darf ich einmal kurz nachschauen?« fragte Onno Etzinga.

»Wenn es nicht lange dauert. Ich versorge mein Kind.« Die Alte ließ ihn eintreten.

Onno Etzinga fühlte einen tiefen Schmerz. *Mein Kind,* hatte die Alte gesagt.

Dieses nicht lebensfähige Persönchen war nicht mehr als eine Belastung für Beate, ihre Mutter und die Umwelt.

Etzinga folgte der Alten in die Küche. In einem Netzställchen krabbelte der mongoloide Jochen mit stumpfem Blick und stieß unverständliche Laute aus.

Auf dem Küchenschrank stand eine Großpackung Fertigkost. Daneben befand sich die altfränkische Emaillemilchkanne. Eine kleine Schüssel mit Obstbrei war vorbereitet.

Die Alte schlurfte zu einem Stuhl und setzte sich. Sie schaute ihn mit irren Altersaugen an.

Onno Etzinga nahm einen Zollstock aus der Tasche und ging zum Wohnzimmer. Er kam zurück und schrieb Zahlen in sein Notizbuch. Danach stieg er die Treppe hoch. Er bewegte die Türen und täuschte Schritte vor.

Die Situation war günstiger, als er sie sich erhofft hatte.

Die Alte trat in das Treppenhaus. »Kann ich Ihnen behilflich sein?« fragte sie.

»Es wäre gut, wenn Sie sich davon überzeugen würden, daß ich hier nur einige Maße aufschreibe«, antwortete er.

Die Alte trat zu ihm. Sie sah ihm zu, wie er geschäftig mit dem Zollstock durch die Zimmer schritt und Zahlen aufschrieb. Schließlich sagte Onno Etzinga: »Das war es bereits.« Er steckte Notizbuch und Zollstock ein und ging nach unten. Rasch betrat er die Küche und hantierte mit der Packung, die den Fertigbrei enthielt.

Er warf einen Blick auf das idiotische Kind und ging in das Wohnzimmer. Dort erreichte ihn schweratmend die Alte.

»Ich bedanke mich. Das war es bereits, Frau Multhaupt«, sagte er, drückte der Alten die Hand und ging.

Onno Etzinga erwartete vom Schicksal günstige Entscheidungen. Sein ehemaliger Freund Johannes Zander würde ihn zur Rede stellen. Er hatte New York verlassen. Das hatte er dem Brief entnommen. Er reiste wegen der Dollarschwäche und des Börsensturzes der Aktien an. Lange konnte seine Dienstreise nicht dauern.

Onno Etzinga überlegte, ob er verreisen sollte. Kerstin würde keine Fragen stellen, wenn er sich wegen seiner Gallenbeschwerden für einige Tage nach Bad Neuenahr absetzte. Sie war nicht zimperlich und würde mit der Stallarbeit fertig werden. Außerdem konnte ihr Freund Uwe für wenige Tage aushelfen.

Er suchte die Cafeteria des Supermarktes auf und trank dort einen Kaffee. Er kam sich äußerst hysterisch vor. Warum eigentlich sollte Johannes nicht mit sich reden lassen? Die Zeit hatte sicherlich auch seine Wunden geheilt.

Beates verkalkte Mutter würde seinen Besuch vergessen und nicht wissen, wer der Mann war, der die Räume vermessen hatte.

Voller Optimismus setzte er sich in seinen Wagen und verließ Oldenburg. Er fuhr nach Hause.

5

Harm Mentjes kam von den Weiden zurück. Er hatte das Wetter genutzt und verrostete Stacheldrahtzäune erneuert. Er traf Traa Kim vor der Garage an. Sie wusch den Golf.

»Traa, der Wagen war doch nicht sonderlich schmutzig«, sagte er freundlich.

»Chef, nicht sehen Schmutz und Salz von Winter«, antwortete sie.

»Begleite mich lieber zu den Feldern, Traa. Bald muß ich Mist ausfahren«, sagte er.

»Chef, bin gleich fertig. Auto dann sauber«, sagte sie.

Harm Mentjes stopfte seine Pfeife. Er rauchte und wartete, bis Traa Kim ihre Arbeit beendet hatte. Sie brachte das Putzzeug in die Garage.

»Chef, alles braucht Pflege. Maschine wie Menschen. Alles muß leisten Dienste«, sagte sie und ging mit kleinen Schritten ins Haus.

Harm schob seine Prinz-Heinrich-Mütze in den Nacken und fuhr sich verlegen durch das volle Haar. Er wartete, bis Traa Kim zurückkam.

Ihre Füße steckten in gelben Gummistiefeln. Sie hatte die Jeans anbehalten. Über dem Troyer trug sie einen weiten Anorak.

Ihr macht das Landleben echt Spaß, dachte Harm.

Sie gingen an der Scheune vorbei. Ein kleines Tor führte über die Weiden zu den Feldern.

Sie schwiegen, doch schließlich begann Traa Kim sich nach Harms Vorstellungen zu erkundigen.

»Chef, da Mais und dort Weizen. Ist gut für Mähdrescher. Kann fahren die Straße und kommen von Straße«, sagte sie mitdenkend.

Harm, der sonst selten spazieren ging, kam sich an ihrer Seite wie ein Ungetüm vor.

Sie erreichten die Straße, überquerten sie und schlugen den Weg ein, der am Etzinga-Hof vorbei führte. Harm hatte seinen Freund Onno seit dem letzten Skatabend nicht mehr zu Gesicht bekommen.

»Ist Nachbar Landwirt?« fragte Traa Kim und blickte auf den Hof.

»Ja, auch er ist allein. Seine Tochter ist Lehrerin. Aber sein Hof ist kleiner«, sagte Mentjes.

»Fehlt Leben, sehe ist duster«, bemerkte Traa Kim.

Sie traten den Rückweg an. Die Sonne ging unter, und es begann zu dämmern. Harm war lustig und gut aufgelegt. Die frische Luft und der weite Spaziergang hatten ihm gutgetan.

»Traa, ich muß abnehmen, du kochst zu gut«, sagte er vorwurfsvoll.

»Ich mache ab morgen Kost für Magerung«, sagte sie und lachte ihn an.

Als sie den Hof erreichten, gingen sie in die kleine Milchküche und zogen die Stiefel aus.

»Tage geworden länger«, sagte Traa Kim.

Harm schaute in ihre Augen. Er zog Traa Kim an sich und küßte sie. Traa wehrte sich nicht. Sie förderte auch nicht sein Verlangen.

Harm zog Traa aus und schlief mit ihr auf dem Steinboden zwischen den gespülten Kannen und den Milchsieben. Die Kühlmaschine übertönte ihre Geräusche.

Gelegentlich kam Traa Kims Bruder Kim Jong zu Besuch, der als anerkannter Asylant in Oldenburg von der Sozialhilfe lebte. Allmählich baute er sein Mißtrauen ab, das er gegen Harm Mentjes hegte, und blieb oft über Nacht.

Kim Jong war ein geschickter Mechaniker und stand Mentjes bei der Pflege des Maschinenparks hilfreich zur Seite.

Harm Mentjes half ihm bei der Behörde und setzte sich dafür ein, daß Kim Jong einen Platz im Auricher Asylantenheim erhielt.

Für Traa Kim richtete er Swantjes Kammer her. Sie zog

zu ihm, und er kaufte ihr eine kleine Stahlkassette, zahlte ihr Haushaltsgeld aus und überließ ihr die Führung des Haushaltes.

Die kleine Friedhofskapelle in Oldenburg-Osterdorf war nicht einmal halb besetzt. Der weißlackierte Sarg mit den Messingbeschlägen und dem Kreuz sah winzig aus neben den beiden Kerzenständern, deren Füße in den abgelegten Blumen standen. Einige Kränze lagen vor der Stellage.

Beate Multhaupt, im schwarzen Kostüm, mit einem flachen Hut mit Schleier, der ihr verhärmtes Gesicht verbarg, weinte und empfand dennoch keine tiefe Trauer.

Ihre alte Mutter, bekleidet mit einem schwarzen Mantel, trug ihren silbrigen Haarknoten unbedeckt. Sie begriff nicht, was um sie vorging. Immer wieder machte sie den Versuch, die Friedhofskapelle zu verlassen. Oft kicherte sie ohne Grund oder schneuzte sich, obwohl ihr die Nase nicht lief.

Eine Kollegin Beate Multhaupts schritt nach vorne, setzte sich zu der Alten und hielt sie am Arm fest, wenn sie aufstehen wollte.

Die Unruhe übertrug sich auf die übrigen Trauergäste. Niemand der Anwesenden kannte den Vater des verstorbenen kleinen, behinderten Jochen. Die Nachbarn hatten sich bereits vor der Beerdigung ausgetratscht und versahen eine Pflicht, die ihre christliche Gesinnung ihnen nun einmal abverlangte.

Für sie hatte Gott ein Kind vor einem Leben in geistiger Umnachtung erlöst. So gesehen, entsprangen ihre Tränen einerseits dem Gefühl der Erleichterung, denn Gott hatte genommen, was für die Mutter wie eine Strafe ausgesehen hatte. Andererseits rührte sie der Schmerz, den

Beate Multhaupt empfinden mußte, weil sie etwas verloren hatte, das von ihr unter Schmerzen geboren worden war.

Der Pfarrer hatte seine Worte sorglich abgewogen. Er bettete das menschliche Schicksal von der Gnade der Geburt bis hin zur Erlösung durch den Tod in den Willen Gottes ein. Auch ihn hatte der Schmerz ergriffen, und auch er konnte Beate Multhaupt nicht die Fragen beantworten, die sie sich selbst gestellt hatte. Er vermißte den Mann an ihrer Seite und versuchte mit biblischen Gleichnissen einen Weg zu den Trauernden zu finden. Er wußte nicht einmal, ob die betroffene Mutter ihm überhaupt zuhörte, während die Alte ständig nervös zuckte und mit leeren Augen vor sich hin stierte. Er begann mit Worten zu sparen und winkte den Sargträgern zu, die nun ihr Geschäft zu versehen hatten.

Die Handvoll Trauergäste folgte dem kleinen Sarg, der dann auch schnell, wie ein überdimensionaler Schuhkarton, den Weg in die ausgeworfene Grube fand, an Tannengrün vorbei in die kalte Erde.

Nachbarn stützten Beate Multhaupt, als der Pastor Erde auf den kleinen lackierten Sarg warf. Die Alte redete irres Zeug und wurde weggeführt.

Beate Multhaupt hatte eine Teetafel anrichten lassen. Mit nur wenigen Gästen trank sie verheult den Tee und würgte ein Stück Butterkuchen hinunter.

Es war eine Tortur. Die wirr redende Mutter und die gestreßten Nachbarn und Kolleginnen der Stadtsparkasse machten alles noch schlimmer.

6

Frau Ideus saß mit ihrem Mann im Wohnzimmer auf der Couch. Sie griff nach ihrem Strickzeug.

»Schrecklich«, sagte sie. Ihr war das Schicksal ›Rebeccas‹ zu Herzen gegangen.

Ideus schaltete das Fernsehgerät ab.

»Habbo hat früh Schule, er soll seinen Computer abstellen«, sagte seine Frau.

Ideus ging in den Flur und rief: »Habbo, Feierabend!«

Das Telefon klingelte. Es stand am Ende des Flurs auf einem kleinen Tisch.

»Ich geh' ran!« rief Ideus und beeilte sich. Er nahm den Hörer ab.

»Ideus«, meldete er sich und vernahm die Stimme des wachhabenden Beamten vom Revier.

»Herr Kommissar, wir erhielten einen Notruf vom Etzinga-Hof. Der Streifenwagen ist im Einsatz. De Vries holt Sie ab.«

»Ja«, sagte er überrascht. Etzinga, sein Skatbruder, war Landwirt und eine stadtbekannte Persönlichkeit. »Augenblick, Machelett . . .« sagte er, doch der Kollege vom Revier hatte bereits eingehängt.

Seine Frau kam zu ihm. Sie trug das Strickzeug in den Händen.

»De Vries holt mich ab. Mit Etzinga stimmt etwas nicht«, sagte Ideus unruhig und griff zum Trenchcoat, der am Haken in der kleinen Garderobennische hing.

»Paß auf dich auf«, sagte seine Frau.

Ideus trat vor die Tür. Er wartete auf die Lichter des Autos. Nach wenigen Minuten näherte sich der Wagen und hielt vor ihm. Er stieg zu Jesko de Vries in den Passat.

»Eine gewaltige Scheiße, Chef«, sagte de Vries. Er wendete den Wagen und drosch davon.

Ideus schaute auf die Uhr im Armaturenbrett. Es war 21 Uhr 35.

Jesko fuhr durch das fast leere Aurich nach Tannenhausen. »Chef, ich weiß nichts Näheres. Die Tochter hat angerufen«, sagte er.

»Kerstin? Sie ist Grundschullehrerin. Sie hat ein Verhältnis mit dem Sohn meines Skatfreundes Mentjes«, sagte der Kommissar.

Der Hof lag zurückgezogen von der Straße, umgeben von weiten Weiden. Ein Versorgungsweg verband das Anwesen mit der Dorfstraße.

Die Kollegen der Einsatzbereitschaft waren schon da. Das Licht der Außenleuchte am Hauptgebäude fiel auf den Streifenwagen. Jesko stellte den Passat neben dem Polizeifahrzeug ab.

Die große Haupttür des Wohnhauses war verschlossen. Die Seitentür des Stall- und Scheunentraktors stand jedoch offen. Ein kräftiger Dunggeruch schlug ihnen entgegen. Jesko nahm die Spurensicherungstasche und folgte Kommissar Ideus in den Stall.

Ein Beamter der Bereitschaftspolizei nickte und wies nach vorn. Die Kühe rasselten an den Ketten und blökten. Sie wandten ihre Köpfe, und ihre großen Augen schienen nach dem Grund der späten Störung zu fragen.

Die elektrischen Birnen saßen unter verstaubten Glasgehäusen. Der Weg bestand aus saubergeschrubbtem Beton. Seitlich befanden sich die Kanäle für Gülle und das Transportband für den Mist.

Ein Kollege der Streifenwagenbesatzung stand vor dem Opfer.

»Moin«, sagte Ideus und trat näher. Ihm blieb fast der

Atem weg, als er auf den Mann blickte, der am Boden lag.

»Mein Gott, Onno«, stöhnte er und fühlte eine Flaute im Magen.

Der anwesende Fotograf schoß erste Bilder.

Der Kommissar ließ ihn. Sollte er ohne seine Anweisungen für spätere Gerichtsverhandlungen das Material liefern. Hier konnte er nichts falsch machen.

Etzinga lag in einer Blutlache auf dem Rücken. In seinem Troyer steckte eine Mistforke, deren Zinken tief in Brust und Bauch eingedrungen waren. Seine Stirn war nur noch eine blutige Masse. Eine kurzstielige Axt, mehr ein Beil, lag blutverschmiert neben ihm.

Der Kommissar wandte sich ab.

»Ein Berserker hat sich hier ausgetobt«, sagte er leise.

Jesko de Vries holte tief Luft.

»Chef, das ist nichts für schwache Nerven«, sagte er, öffnete seine Tasche und begann, den Tatort zu markieren.

Die Kühe blökten unentwegt und schlugen mit ihren Schwänzen, als müßten sie Schwärme von Fliegen verscheuchen.

Die Blitze der Kamera blendeten für Sekunden. Ideus sah, daß das Blut des Opfers selbst auf das Hinterteil der Kuh gespritzt war, die zwei Meter entfernt stand.

»Und seine Tochter hat ihn gefunden?« fragte er den Beamten, der steif wie ein Wachsoldat mit bleichem Gesicht dastand und sich um Haltung bemühte.

»Sie ist drinnen. Wachtmeister Gerdes kümmert sich um sie«, sagte er.

»Wir warten auf den Arzt, Jesko«, sagte Ideus. »Die Todesursache gibt uns keine Rätsel auf. Ich sehe nach seiner Tochter.« Der Kommissar blickte die Polizeibeamten an, die sich zurückgezogen hatten. »Besorgen Sie einen Sarg«, ordnete er an.

Er schritt durch einen kleinen, weißgekachelten Raum, in dem Kannen und der Milchkühler standen, und gelangte auf einen Flur. Die Tür zum Wohnzimmer stand offen. Das Schluchzen Kerstins klang ihm entgegen. Ideus sah Wachtmeister Gerdes, der sich bemühte, die Lehrerin zu beruhigen.

»Fräulein Etzinga, gleich kommt der Arzt«, sagte der Kommissar.

Kerstin Etzinga schaute auf.

»Herr Ideus, es war schrecklich. Nachdem ich Hefte korrigiert hatte, schaltete ich das Fernsehgerät ein und sah mit Vater ›Rebecca‹ an. Weil die Kühe plötzlich — für uns ohne Grund — blökten und unruhig waren, ging Vater in den Stall, um nach dem Rechten zu sehen. Nach einer Weile wurde ich unruhig. Er kam nicht zurück. Ich trat ans Fenster und schaute zum Stall hinüber. Irgend etwas huschte durch mein Blickfeld, dann sah ich einen Schatten. Ich rannte in den Stall und fand . . .« Ein Weinkrampf schüttelte sie.

Der Kommissar schwieg einige Sekunden. Dann fragte er: »Fräulein Etzinga, dieses Etwas, kann das ein Mann gewesen sein?«

Kerstin wischte die Tränen aus ihrem Gesicht. »Ich weiß es nicht. Vielleicht . . . wenn, dann war er nicht groß, oder er lief gebückt!«

Der Kommissar fühlte sich erleichtert, als Dr. Frerich das Wohnzimmer betrat. Der Arzt stellte seine Tasche ab und zog eine Spritze auf.

»Fräulein Etzinga, Sie müssen tapfer sein«, sagte er. Kerstin ließ es zu, daß er ihren Arm frei machte, den Oberarm abband und ihr eine Beruhigungsspritze gab.

»Soll ich Sie zum Krankenhaus bringen?« fragte Dr. Frerich.

»Nein, ich habe Uwe angerufen. Er ist unterwegs«, sagte sie.

»Ihr Freund?« fragte der Arzt.

Kerstin nickte.

Dr. Frerich steckte Besteck in seine Tasche und folgte dem Kommissar in den Stall. Dort öffnete er die Tasche. Die Beamten machten ihm Platz. Der Doktor zog einen Kittel ab, band sich eine Gummischürze um den Bauch und begann eine grobe Untersuchung des Opfers.

Der Kommissar schaute weg. Mücken und andere Insekten tanzten um die Beleuchtungskörper. So, als spräche Dr. Frerich durch ein Mikrofon, das fernab von ihm installiert war, hörte er seine Stimme.

»Die Zinken der Gabel hinterließen böse Verletzungen.«

De Vries stand bereit, als Dr. Frerich den Forkenstiel umfaßte und die Zinken langsam aus dem Körper des Toten zog. Danach bearbeitete der Arzt mit Gaze die klaffenden Stirnwunden des Opfers.

Auch Jesko de Vries trug wie der Arzt Plastikhandschuhe. Er hielt die Gabel geduldig in der Hand und stierte auf das Beil. Überall war Blut.

»Wir können ihn in den Sarg betten, Kommissar«, sagte Dr. Frerich.

»Bitte.« Ideus sah zu, wie die Beamten des Streifenwagens den Blechsarg in den Stall trugen.

Onno, mein Skatbruder, wen hast du so gekränkt, daß er sich so grausam gerächt hat? fragte sich der Kommissar, als die Beamten das Opfer abtransportierten.

Er wußte, daß de Vries und er nun vor unübersehbaren Schwierigkeiten standen. Er rechnete nicht damit, daß

Forken- und Beilstiel verwertbare Fingerabdrücke liefern würden.

Die Beamten brachten Plastikbahnen. Dr. Frerich half Jesko, die Mordwerkzeuge zu verpacken.

De Vries schaute sich nach weiteren Spuren um. Er entdeckte einen Kuhfladen, in den das Opfer oder der Mörder getreten hatte.

»Chef, ich benötige ein Werkzeug«, sagte er und wies auf die Kuhscheiße. Ein Kollege besorgte eine Schaufel. Vorsichtig hob de Vries den Fladen vom Boden auf. Er setzte ihn auf eine Plastikfolie und trug ihn — wie eine Torte — vor sich her. Als er zurückkam, sagte er: »Das wäre es dann erst einmal, Chef.«

»Können wir den Schlauch nehmen und das Blut in die Gülle spritzen, Doktor?« fragte der Kommissar.

»Ja, ich werde mir Etzinga im Gerichtsmedizinischen Institut genauer ansehen«, antwortete der Arzt und packte seine Tasche.

7

Folkert Ideus fuhr früh zum Dienst.

Es war noch dunkel, als er sein Büro betrat. Er setzte sich an den Schreibtisch und schaltete die Tischlampe ein.

Er war nach den turbulenten Ereignissen in der Nacht sehr spät vom Dienst zurückgekommen. Nach einem Bier hatte er sich einfach zu seiner Frau in das Ehebett geschlichen, ihr den Finger auf die Lippen gelegt und nur gesagt: »Morgen erfährst du beim Schlachter mehr, als ich weiß.«

Sicher palaverten die Leute heute über das tragische Geschehen auf dem Etzinga-Hof.

Jesko de Vries betrat das Dienstzimmer. Er hängte seinen Mantel auf einen Bügel.

»Moin, Jesko«, sagte der Kommissar und lehnte sich zurück. »Der Mörder hat sich in den Stall geschlichen. Er hat die Kühe absichtlich beunruhigt und in der Dunkelheit auf Etzinga gewartet.«

»Dann kannte er sich im Umgang mit dem Buntvieh aus, Chef. Wenn ich Etzinga an den Kragen gewollt hätte, auf diese Idee wäre ich nie gekommen«, sagte de Vries.

»Warum Beil und Forke? Einen Ballermann kann man doch heute am Kiosk erwerben«, meinte Ideus.

»Der Mörder wollte keine diesbezüglichen Spuren hinterlassen«, antwortete de Vries.

»Oder er kannte sich in der Unterwelt nicht aus und griff nach Werkzeugen, mit denen er zu arbeiten gewohnt war«, folgerte der Kommissar.

»Kerstin Etzinga sah einen Mann, der klein war oder gebückt lief, und einen Schatten; damit kann man wenig anfangen«, sagte der Kommissar.

»Den Schatten warf der Mörder, als das Licht vom Wohnzimmer auf ihn fiel«, sagte de Vries.

»Das ist denkbar.«

»Einen Zufallsmörder können wir also ausschließen.«

»Etzinga hatte meines Wissens in unserer Kleinstadt keine Feinde. Das gibt mir zu denken«, murmelte der Kommissar.

»Warten wir die Laborergebnisse ab, Chef. Vielleicht stammt der Fußabdruck in der Kuhscheiße vom Mörder. Fürs erste können wir nur eine Akte anlegen. Wir spielen Buchhalter und eröffnen die Konten.«

Ideus nickte. »Fertige das Protokoll an, Jesko. Ich kümmere mich um die Presse.«

»Und hinterher fahren wir zum Tatort. Der Freund von Kerstin Etzinga wird wohl mittlerweile angereist sein«, antwortete de Vries.

Die Tür zum Stall stand offen. Die Kühe fraßen Heu, ohne groß zu blöken. Alles wirkte friedlich. Die Stelle, an der Onno Etzinga in seinem Blut gelegen hatte, war gesäubert worden. Das Stroh unter den Tieren war frisch.

Uwe Mentjes befand sich im Stall. Der Student war hochgewachsen und schlank. Er trug Jeans und Gummistiefel. In seinen Händen hielt er einen Wasserschlauch, mit dem er die Güllerinne sauberspritzte.

»Moin«, begrüßte ihn der Kommissar. Er wies auf Jesko. »Mein Assistent, Herr de Vries. Wo ist Fräulein Kerstin?«

Uwe zeigte nach vorn.

»Sie ist drinnen«, antwortete er.

»Sie kennen sich auf dem Hof aus, Herr Mentjes?«

»Ja.«

»Dann zeigen Sie uns bitte den Raum, in dem Herr Etzinga sein Werkzeug aufbewahrte.«

»Sie wollen wissen, ob das Beil sich noch am Platz befindet?« fragte Uwe Mentjes.

»So ist es«, antwortete de Vries.

Uwe legte den Schlauch ab und schritt ihnen voraus. Neben der Scheune befand sich der Anbau, in dem die Traktoren standen. Eine Werkbank mit den Werkzeugen bildete den Abschluß.

Seitlich befand sich ein Regal mit Sprühgeräten und Giften. Neben Hämmern, Drahtscheren und Ästen hing ein Beil an einer Halterung. Der Kommissar nahm es in die Hand. Die Schneide war sauber.

»Der Mörder hat sein Werkzeug mitgebracht«, sagte er.

Sie gingen zurück zum Wohnhaus.

»Ich habe hier draußen noch zu tun«, sagte Uwe.

Kerstin Etzinga saß am Wohnzimmertisch. Vor ihr stand das Telefon. Sie hielt den Hörer in der Hand. Die Beamten blieben an der Tür stehen. Kerstin sah abgespannt aus. Als sie den Hörer ablegte, sagte sie erleichtert: »Gott sei Dank. Die Landwirtschaftskammer schickt mir einen ›Grünen Engel‹.«

»Fräulein Etzinga, Sie befinden sich in einer mißlichen Situation. In wenigen Wochen, wenn die Aussaat beginnt, werden Sie einen weiteren ›Grünen Engel‹ benötigen«, sagte der Kommissar.

»Sie haben recht. Ich werde mich nach einem Pächter umsehen. Ich kann den Hof nicht bewirtschaften«, sagte sie.

»Sie haben gelitten und wenig geschlafen, Fräulein Etzinga. Haben Sie inzwischen darüber nachgedacht, welches Motiv es für die schreckliche Tat geben könnte?« fragte de Vries.

Kerstin Etzinga schüttelte langsam den Kopf.

»Vater hatte keine Feinde. Es gab keine Telefonanrufe, keine Treffen im Dunkeln.«

»Wir möchten uns in seinem Arbeitszimmer ein wenig umsehen«, sagte der Kommissar.

»Vater hatte nie Geheimnisse vor mir. Wir verstanden uns sehr gut. Kommen Sie. Ich bringe Sie nach oben.«

Sie ging voraus. Ihre Schritte wirkten schleppend.

Das Arbeitszimmer, das gleichzeitig das Büro des

Betriebes war, befand sich in der ersten Etage. Kerstin Etzinga öffnete die Tür. Sie wies auf die Regale, in denen Aktenordner standen.

»Bitte, Sie können sich alles ansehen. Selbst die Korrespondenz mit dem Finanzamt verwehre ich Ihnen nicht. Im Schreibtisch finden Sie unsere persönlichen Dokumente. Er ist nicht verschlossen.«

Auf dem Schreibtisch stand ein gerahmtes Foto von ihr. Sie begann zu weinen.

»Es wäre uns lieb, wenn Sie bei uns bleiben«, sagte der Kommissar freundlich.

»Schauen Sie sich um, Herr Ideus. Ich muß mich um Vaters Beisetzung kümmern.« Sie ging weinend nach unten.

»Ein patentes Mädchen«, meinte de Vries.

Sie begannen damit, die Ordner der Reihe nach zu inspizieren. Sie enthielten die übliche Korrespondenz, Rechnungen, Bankbelege einer Ferienwohnung in Accumersiel. Sie waren sauber getrennt nach Mieteingängen und Aufwendungen.

Die Schubladen des Schreibtisches enthielten persönliche Unterlagen. Die Heiratsurkunde, das Stammbuch, die Sterbeurkunde der Frau Etzinga und einige Sparbücher.

De Vries zog die unterste Schublade hervor. Er fand nichts, was ihnen zu einem Motiv verhelfen konnte. Ein Schnellhefter enthielt einen Kaufvertrag einer Wohnung im Columbushaus in Bremerhaven. Obenauf lagen die Zahlungsbelege und katasteramtliche Akten.

»Chef, nicht nur in Accumersiel hatte er investiert, sondern auch in Bremerhaven«, sagte de Vries.

»Viele Landwirte suchen ein zweites Standbein im Fremdenverkehr«, erwiderte Ideus.

»Wie zu erwarten, nichts, Chef«, stellte de Vries fest. Sie verließen das Arbeitszimmer und gingen nach unten.

Im Wohnzimmer saßen Kerstin Etzinga und Uwe Mentjes.

»Wir erstellen eine Anschriftenliste der Verwandten und Bekannten für das Beerdigungsinstitut«, sagte Kerstin.

Uwe blickte mit müden Augen auf.

»Zwei Beerdigungen in so kurzer Zeit«, bemerkte er.

»Ihre Mutter starb eines natürlichen Todes, Herr Mentjes. Onno Etzinga wurde ermordet«, sagte der Kommissar.

Uwe senkte den Blick und widmete sich der Schreibarbeit.

»Fräulein Etzinga, Ihr Vater besitzt Ferienwohnungen. Könnte er sich bei den Mietern Feinde geschaffen haben?« fragte de Vries.

»Unmöglich. Die Gäste, die unsere Wohnung in Accumersiel buchen, kennen wir weiter nicht. Sie holen hier den Schlüssel ab. Sie bezahlen im voraus, und wenn der Urlaub zu Ende ist, dann bringen sie den Schlüssel zurück«, sagte sie.

»Und in Bremerhaven?« fragte der Kommissar.

Kerstin schaute die Beamten überrascht an.

»Bremerhaven?« wiederholte sie ungläubig. Uwe Mentjes unterbrach seine Schreibarbeit.

»Vater hatte in Bremerhaven einen Freund, den er sehr häufig besuchte. Aber der wurde von seiner Bank nach New York versetzt«, sagte Kerstin.

»Kannten Sie ihn?« fragte der Kommissar.

»Nur von Fotos. Früher brachte Vater gelegentlich ein Geschenk von ihm mit. Doch das ist lange her.«

»Fräulein Etzinga, begleiten Sie uns doch bitte noch einmal nach oben«, bat de Vries.

»Ich erinnere mich, gelegentlich sind Skatabende ausgefallen, weil Ihr Vater nach Bremen mußte«, sagte Ideus.

Kerstin Etzinga ging mit den Beamten ins Arbeitszimmer nach oben. De Vries entnahm der Schreibtischschublade den Hefter, der die Kaufunterlagen enthielt, und reichte ihn Kerstin.

»Columbus Center, Wohnung fünfhundertfünf, Eigentümer Onno Etzinga, Aurich«, las sie.

»Ihr Vater hat Ihnen doch nicht alles anvertraut, Fräulein Etzinga«, sagte der Kommissar.

»Ich vermute, daß er sie an Onkel Johannes vermietet hat«, sagte sie.

»Seinen vollen Namen kennen Sie nicht?« fragte Jesko de Vries.

»Nein, Vater kannte ihn schon lange. Ich war noch ein Kind, als er mir von ihm einen Teddybären mitbrachte.«

»Sie gestatten, daß wir die Unterlagen mitnehmen? Sie werden streng vertraulich behandelt«, sagte Kommissar Ideus.

Kerstin nickte.

»Warten Sie. Ich habe mehrere Fotoalben. Ich besitze irgendwo ein Foto von ihm«, sagte sie und schritt über den Flur davon. Als sie zurückkam, hielt sie eine Farbaufnahme in der Hand. Sie zeigte einen fröhlichen, lachenden Managertyp, eine hübsche junge Frau und Onno Etzinga, der hinter dem Pärchen stand und beiden die Arme um die Schultern gelegt hatte.

»Dürfen wir auch das Foto mitnehmen?« fragte der Kommissar.

»Selbstverständlich«, sagte Kerstin.

Sie gingen nach unten.

»Fräulein Etzinga, Herr Mentjes, Sie hören von uns. Auf Wiedersehen. Rufen Sie uns an, falls Sie irgend etwas erfahren, was der Lösung dienen kann«, sagte der Kommissar.

Sie verließen die Wohnung.

8

Die Kriminalbeamten stellten ihren Wagen auf dem Parkplatz des Schiffahrtsmuseums ab.

Vor dem Museumsgebäude herrschte reges Leben. Auf dem Deck des Windjammers ›Seute Deern‹ spielten Schüler Piraten, und auf dem Walfangschiff ›Walter Rau‹ hingen sie in Trauben an der Harpunenkanone.

Das gegenüberliegende Columbushaus wirkte wie ein riesiges gespanntes Segel. Die Sonne schien und spiegelte sich in den Fenstern.

Die Beamten verließen den Vorplatz mit den lärmenden Schulkindern. Sie gingen zum Hochhaus. Die kleine Pförtnerloge mit dem Schild ›Hausmeister‹ war nicht besetzt. Ein aufgemalter Zeigefinger wies auf eine Klingel.

Ideus drückte den Klingelknopf. Sie warteten geduldig. Nach einer Weile betätigte Ideus erneut den Klingelknopf.

»Ich komme ja schon!« rief ein Mann, der sich mit wehenden Kittelschößen näherte.

»Sie sind der Hausmeister?« fragte der Kommissar.

»So ist es. Ein undankbarer Job. Ich spiele den Klempner, den Schreiner, den Elektriker und befehlige eine Truppe von Raumpflegerinnen.«

Der etwa 55jährige Mann wirkte jovial.

»Wir sind von der Kripo und haben ein paar Fragen«, sagte Ideus und hielt ihm das Kettchen mit der Polizeimarke entgegen.

»Kennen Sie einen Herrn Etzinga, Onno Etzinga, aus Aurich, Ostfriesland?« fragte Jesko de Vries.

»Hier wohnt keiner, den ich nicht kenne. Wenn der Fernseher nicht läuft, dann holen sie mich und nicht den Handwerker«, antwortete der Hausmeister geschwätzig.

»Und haben Sie sich auch um seine Wohnung kümmern müssen?« fragte der Kommissar.

Der Hausmeister lachte listig. »Der Etzinga ist eine Type, das sage ich Ihnen. Er hatte seine Wohnung an Praktikantinnen und Studentinnen vermietet. Zucker, sage ich Ihnen. Exotinnen, eine hübscher als die andere.«

Ideus lächelte freundlich.

»Und welche Puppe bewohnt die Wohnung jetzt?«

»Keine. Die Wohnung steht leer. Das muß ich Ihnen erklären. Mit der letzten Mieterin kam er nicht zugange«, sagte der Hausmeister und grinste.

»Gab es Schwierigkeiten mit den Mieteingängen?« erkundigte sich de Vries.

»Weit gefehlt. Die Mädchen zahlten nicht viel. Aber Onno kam dann schon auf seine Kosten«, antwortete der Hausmeister verschmitzt.

»Also, er setzte die letzte Exotin an die Luft. Und dann?« fragte der Kommissar.

»Dann zog Dr. Zander ein. Ein Akademiker von der Bremer Merkur-Bank. Er brachte Beate Multhaupt, seine schöne Sekretärin mit. Sie wohnten nicht lange hier. Dr. Zander wurde von seiner Bank nach New York versetzt und ließ seine hübsche Gefährtin hier«, sagte der Hausmeister, und seine Augen verrieten, daß es da noch etwas gab.

»Und Onno Etzinga reiste an, um dieser Frau Multhaupt die Langeweile zu vertreiben«, sagte der Kommissar.

»Das nehme ich an, Herr Kommissar. Dann gab es einen Knatsch, als Dr. Johannes Zander überraschend zu Besuch kam, um seine Geliebte in die Staaten zu holen«, sagte er.

»Und ist sie nach drüben?« fragte de Vries.

»Das weiß ich nicht. Sie zog hier aus. Seitdem steht die Wohnung leer«, sagte der Hausmeister.

Ideus nahm das Foto aus seiner Tasche und zeigte es dem Hausmeister.

»Ja, Herr Kommissar, das Bild habe ich geschossen, draußen vor dem Museum, Zander, seine Geliebte und Etzinga.«

»Besitzen Sie einen Schlüssel für die Wohnung?« fragte de Vries.

»Für alle«, antwortete der Hausmeister. Er griff nach seinem Schlüsselbund und schritt zum Aufzug. »Eigentlich darf ich ja nicht, aber was soll's«, sagte er.

Das Apartment hatte Küche, Bad, ein Wohn- und Schlafzimmer. Es war recht ansprechend eingerichtet.

»Etzinga hat die Räume vor kurzem erst renovieren lassen. Er deutete an, daß er sie bald selbst nutzen wollte«, sagte der Hausmeister.

»Wollte er hier nach Bremerhaven ziehen?« fragte de Vries.

»Warum fragen Sie Etzinga nicht selbst?« fragte der Hausmeister irritiert.

»Weil er uns keine Antwort mehr geben kann. Seine Tochter wußte nichts von dieser Absteige«, antwortete der Kommissar.

»Und was ist mit Etzinga?« fragte der Hausmeister.

»Er ist tot. Jemand hat ihn ermordet«, sagte de Vries.

»Mein Gott«, murmelte der Hausmeister entsetzt.

»Kann es sein, daß er sich hier Feinde geschaffen hat?« fragte der Kommissar.

Der Hausmeister hob bedauernd die Schulter. »Herr Kommissar, das mit den Mädchen, das liegt schon eine Weile zurück. Es gab schon einmal Ärger . . .«

»Und Sie besitzen eine Liste seiner Mieterinnen?« fragte de Vries.

»Nein, ich bin nur der Hausmeister. Was hinter den Türen geschieht, geht mich nichts an«, antwortete der Hausmeister und führte die Besucher zum Aufzug.

9

Die Beisetzung des angesehenen Landwirtes Onno Etzinga mobilisierte die Auricher Bevölkerung.

Kerstin Etzinga hatte auf eine Aufbahrung ihres Vaters verzichtet. Der Sarg stand mit blinkenden Beschlägen und von Kränzen und Blumen umgeben im Chor der Friedhofskapelle.

Die Bänke reichten nicht aus, allen Besuchern einen Platz zu bieten. Dichtgedrängt und mit gefalteten Händen blickten die Trauergäste auf die brennenden Kerzen, deren Flammen nach Sauerstoff züngelten.

Niemand der Trauernden ahnte, daß das Opfer des brutalen Verbrechens sich vor Jahren mit schwarzem und gelbem Sex über das eintönige Hofleben und das so oft triste Wetter in Ostfriesland hinweggetröstet hatte.

Etzinga hatte genossen, wovon seine Sangesbrüder und -schwestern nicht einmal zu träumen gewagt hatten. Erst recht konnte der Pastor nicht wissen, daß er in der überbesetzten Kapelle nur einen Teil des Lebens des Verstorbenen würdigte.

»Ein Ehrenmann, ein Vorbild für die Jugend, ein Gemeindeglied mit Engagement. Unser Bruder Onno Etzinga sang im Kirchenchor, er war Ratsherr. Im Vertrauen auf Gottes weise Fügung hat er den Tod seiner geliebten Frau überwunden und sich in sein Schicksal ergeben. Unser Bauernverband hatte in ihm ein echtes Sprachrohr, wenn es um die Interessen unserer Region ging. Seine Stimme fand Gehör. Unser aller Bruder wurde neunzehnhundertfünfunddreißig in Wittmund geboren . . .«

Kommissar Ideus entdeckte Kerstin und Uwe. Sie saßen ganz vorn. Auch Herr Harm Mentjes, seine Tochter und der dunkelhäutige Schwiegersohn saßen ebenfalls in der ersten Reihe.

»Jesko, der Bericht ist da«, flüsterte Ideus seinem Assistenten zu.

De Vries hatte verstanden. Sein Chef ging dienstlichen Gedanken nach.

Der Kirchenchor sang herzerweichend und erinnerte mit seiner Darbietung an die Beerdigung der schönen Bäuerin, die am Heiligen Abend dahingerafft worden war.

Als endlich die Sargträger erschienen, nahm der Kommissar Jesko beiseite und zog ihn aus dem Strom der Trauergäste, die gefaßt dem Sarg folgten.

»Den Rest können wir uns schenken«, sagte der Kommissar.

Sie fuhren zum Revier.

Die Beamten betraten ihr Dienstzimmer und hängten ihre Mäntel über die Bügel.

»Jetzt läßt Kerstin im Forsthaus ihren Verwandten und den Freunden der Familie Butterkuchen und Tee servieren. Meine Skatbrüder werden mich beim Leichenschmaus vermissen«, sagte der Kommissar, als mache er sich Vorwürfe.

»Chef, die Leute wissen, daß Sie Etzingas Mörder jagen«, antwortete de Vries und lachte.

Der Kommissar setzte sich an seinen Schreibtisch. »Auf die Schippe kann ich mich selbst nehmen, Jesko. Hier, lies lieber den Bericht von Dr. Frerich.«

De Vries nahm die Akte auf und las laut: »Der Mörder schlug Etzinga die Blockseite des Beils gegen den Kopf. Etzinga war benommen und stellte sich vermutlich dem Mörder. Der seinerseits ergriff die Forke und rammte sie ihm in Brust und Bauch. Danach nahm er das Beil und spaltete dem Opfer den Schädel.«

»Und das Motiv des Mörders? Er muß wie von Sinnen gewesen sein«, sagte der Kommissar.

»Kerstin Etzinga sah einen kleinen Mann — oder einen Mann, der gebückt lief. Eine Allerweltsaussage«, meinte de Vries.

»Sollte vielleicht irgend jemand aus Bremerhaven ein Hühnchen mit ihm gerupft haben?«

Ein Beamter betrat das Dienstzimmer. In der Hand hielt er eine Versandtasche.

»Die Dienstpost vom Labor«, sagte er und verließ das Zimmer.

Der Kommissar riß die Lasche auf. Er entnahm dem Kuvert den Bericht und vertiefte sich in die Seiten. Nach einer Weile schaute er auf.

»So'n Mist. Keine Fingerabdrücke, Jesko. Der Mörder

trug Handschuhe. Sie wollen uns einen Gipsabdruck der Fußspur im Kuhfladen zuschicken. Die Auswertung des Profils ergab, daß es sich um einen Trekkingstiefel der Firma Sporting handelt. Er wird unter der Bezeichnung ›Drachenfels‹ in Jugoslawien gefertigt und bundesweit vertrieben.«

»Etzinga trug normale Halbschuhe«, sagte de Vries.

»Also trat der Mörder in die Kuhscheiße und hinterließ uns eine Spur.«

»Das ist nicht viel, Chef. Heute läuft die halbe Welt in Freizeitklamotten herum«, antwortete de Vries.

»Dieser Dr. Zander war ein enger Freund meines Skatbruders«, sagte Ideus. »Er wird mehr über Onno Etzinga wissen als seine Tochter Kerstin. Das trifft auch auf diese Frau Multhaupt zu. Wir werden sie befragen.«

»Ich werde an die Bank schreiben und um die jetzigen Adressen ihrer Mitarbeiter Dr. Zander und Frau Multhaupt ersuchen«, sagte de Vries. Er setzte sich an die Schreibmaschine. Der Kommissar begann mit der ungeliebten Verwaltungsarbeit, die er sehr genau nahm.

Der Kommissar steuerte den Wagen. Er bog von der Dorfstraße auf den schmalen Versorgungsweg ein.

Der scharfe Wind trieb die weißen Wolken vor sich her. Auf dem Acker vor dem Etzinga-Hof zog ein Traktor einen Pflug. Möwen kreischten und flogen im Schwarm über die frisch umgeworfene braune Erde und pickten im Sturzflug nach Würmern.

»Das wird der ›Grüne Engel‹ sein«, sagte de Vries.

Sie stellten den Wagen ab. Eine Zementmaschine lärmte. Aus einem Schlauch plätscherte Wasser.

Kerstin und Uwe waren dabei, wie Handwerker eine

eingerissene Wand neu hochzuziehen. Sie trugen Jeans und alte Jacken.

Ideus sah, daß der große Misthaufen abgetragen war und auch die Transportvorrichtung fehlte. Das stete Brüllen der Kühe blieb aus. Der Hof wirkte wie aufgeräumt.

Uwe Mentjes ließ den Klinkerstein, den er in der Hand hielt, fallen und verließ das kleine Gerüst.

Kerstin Etzinga band sich das Kopftuch ab. Sie wischte sich die Hände an den Jeans ab und schaltete die Mischmaschine aus.

»Wir wollten Sie am Morgen nicht in der Schule aufsuchen, Fräulein Etzinga«, sagte der Kommissar.

»Moin«. Uwe Mentjes hielt seine Hände an den Wasserschlauch. »Einen Tee?« fragte er.

»Sehr gerne. Aber bei dem Umfang Ihrer Bauarbeiten tut es uns leid, daß wir Sie stören«, antwortete Ideus.

Sie standen im kalten Wind, der zwischen Hofgelände und Herrenhaus einfiel.

»Wir benötigen selbst einen; meine Hände sind klamm«, sagte Kerstin Etzinga und ging ihnen voraus.

Überall lag Bauschutt. Das Wohnzimmer wirkte unaufgeräumt, und Plastikbahnen lagen auf dem Boden.

»Nehmen Sie dort am Tisch Platz. Ich bereite einen Tee zu. Sie sehen . . .« sagte Kerstin.

Uwe setzte sich zu ihnen.

»Von der hohen Theorie direkt in die harte Knochenarbeit?« fragte Jesko de Vries freundlich.

Uwe Mentjes, der nie sehr gesprächig war, nickte. »Die Arbeit in der frischen Luft tut mir gut, und abends bleibt mir noch Zeit für meine Studien.«

»Überall riecht es nach Farbe und Mörtel«, stellte der Kommissar fest.

»Herr Kommissar, das Gebäude ist für uns zu groß,

und die Arbeit lenkt Kerstin ab. Es ist schrecklich, nicht zu wissen, wer ihren Vater umgebracht hat«, sagte Uwe Mentjes.

»Auch Sie haben keinen Verdacht?« fragte der Kommissar.

»Nein«, antwortete er, stand auf und schritt Kerstin entgegen, die ihm auf einem Tablett das Teegeschirr reichte. Uwe deckte den Tisch.

Kerstin brachte die Teekanne und das Stövchen. Sie setzte sich zu ihnen, blickte die Beamten an und fragte: »Herr Kommissar, wie steht es um die Ermittlungen? Vater ist nun schon eine Weile unter der Erde.«

Der Kommissar vernahm den leichten Vorwurf in ihrer Stimme.

»Fräulein Etzinga, Sie sind die Tochter des Opfers. Sie haben Ihren Vater am besten gekannt. Geben Sie uns Hinweise, dann werden wir Ihnen Erfolge auftischen«, sagte er.

Kerstin schenkte den Tee aus. Die Beamten bedienten sich. Ideus sah sich um.

»Während draußen ein ›Grüner Engel‹ Ihren Acker pflügt, sieht es hier nach Umbau aus«, stellte er fest und setzte die Tasse ab.

Kerstin lachte. »Sie irren sich, Herr Kommissar. Draußen fährt Herr Mentjes den Trecker über seinen Acker. Ich habe ihn verkauft! Aber nicht das Gebäude, sondern das betriebliche Land und das Inventar.«

Der Kommissar blickte Uwe Mentjes an. »Dann hat Ihr Vater auch den gesamten Viehbestand übernommen?«

Uwe nickte. »Vater hat Hilfe bekommen. Er beschäftigt eine vietnamesische Magd voll und ihren Bruder stundenweise. Dennoch arbeitet er mehr noch als früher. Das ist gut so. Das hilft ihm, Mutters Tod zu überwinden.«

»Und nun sind Sie dabei, das Wohngebäude nach Ihren Vorstellungen umzubauen?« fragte de Vries.

Kerstin langte nach dem Teetopf und füllte die Tassen nach. »Die Makler hätten mich über das Ohr gehauen. Ich bin Lehrerin und nicht geschäftstüchtig genug. Bei einer Versteigerung hätte ich nur Bruchteile von Vaters Vermögen retten können.«

»Ich verstehe«, erwiderte de Vries und trank den Tee.

»Wir sind beide alt genug, um auf eigenen Beinen zu stehen«, fügte Uwe hinzu.

»Bei der Vermögensbasis sicher keine schwere Aufgabe«, lächelte der Kommissar.

Kerstin reagierte sauer. »Herr Kommissar, wir können nicht pausenlos weinen. Das Leben geht weiter.«

»Fräulein Etzinga, haben Sie etwas über die Eigentumswohnung in Bremerhaven erfahren, oder hat sich Onkel Johannes zwischenzeitlich gemeldet?« fragte Jesko de Vries.

Kerstin lächelte. »Nein, aber der Steuerberater hatte eine plausible Erklärung parat. Vater sparte Einkommenssteuer, weil er die Wohnung nicht selbst nutzte, sondern nach dem Bauherrenmodell abschreiben konnte.«

»Haben Sie sich um neue Mieter bemüht?« fragte Jesko de Vries.

Uwe blickte auf.

»Kerstin und ich werden heiraten. Ich bin noch nicht mit dem Studium fertig, doch es fehlt auch mir nicht an gleichen Mitteln. Wir möchten die Wohnung für uns behalten«, sagte er.

»Ich habe bereits einen Liegeplatz für ein kleines Boot gemietet«, sagte Kerstin mit dem Stolz der Besitzenden.

»Herr Mentjes, auch Ihre Schwester schmiedet Heiratspläne. Sie hat mit ihrem schwarzen Freund Allan Strawberry in Dornum in bester Lage eine Eigentumswohnung erworben. Hat Ihr Vater diese auch finanziert?« fragte der Kommissar.

»Ich dachte, Vater hätte Ihnen das selbst mitgeteilt, Herr Ideus. Sie spielen doch mit ihm Skat«, sagte Uwe Mentjes.

»Ihr Vater hat sich kurz vor dem Mord zurückgezogen. Der dritte Mann wurde dann brutal ermordet. Sie sehen, selbst unsere friedliche Skatrunde wurde ein Opfer des verrückten Mörders«, sagte Ideus.

»Mutter war bei der Rustika-Leben A. G. in Hannover versichert«, sagte Uwe Mentjes bissig. »Vater teilte die ausgezahlte Summe durch drei. Reicht Ihnen diese Auskunft, oder wünschen Sie von meiner Schwester einen kompletten Finanzierungsplan?«

In dieser Richtung hatten sie vergessen zu recherchieren.

»Seien Sie nicht böse, aber wir möchten unser Pensum noch vor Dunkelheit schaffen. Wir wissen nicht, wie lange das trockene Wetter noch anhält«, sagte Kerstin und begann das Teegeschirr auf das Tablett zu räumen.

»Vielen Dank für den Tee«, sagte der Kommissar.

»Ich begleite Sie nach draußen«, bot sich Uwe Mentjes an.

Ideus blickte kurz zum Traktor hinüber, der seine Runden zog. Doch er verspürte keinen Wunsch, mit seinem Skatbruder ein Gespräch zu führen.

Die Beamten stiegen in den Wagen und fuhren zum Revier.

Die Sonne ging bereits mit einem hellen Rot hinter den Feldern unter.

10

In Hannover regnete es in Strömen. Die Kriminalbeamten quälten sich mit ihrem Passat durch den dichten Verkehr der Innenstadt zum Parkhaus. Dort stellten sie ihren Wagen ab.

Sie hasteten mit hochgeschlagenen Mantelkrägen dem Verwaltungsgebäude der Rustika-Versicherung entgegen. Der Pförtner führte sie in ein Besucherzimmer und nahm ihnen die nassen Mäntel ab.

»Ich werde Sie anmelden«, sagte er und verließ das Zimmer.

Nach einigen Minuten erschien er in der Tür.

»Nehmen Sie den Aufzug. Unsere juristische Abteilung befindet sich im sechsten Stock, Zimmer sechshundertvier und sechshundertfünf.«

»Danke«, sagte der Kommissar.

Sie verließen den Aufzug und schritten über den langen Flur zum Zimmer sechshundertvier.

Die Sekretärin begrüßte sie freundlich und führte sie zu einem Dr. Berger.

»Nehmen Sie bitte Platz«, sagte der Jurist und wies auf die kleine Sitzecke.

»Herr Dr. Berger, am Heiligen Abend verstarb Swantje Mentjes, die Frau des Landwirtes Harm Mentjes aus Aurich. Sie war bei Ihnen versichert«, trug der Kommissar vor.

»Und Sie vermuten eine Unkorrektheit?« fragte der Jurist.

»Nein, keineswegs. Uns interessiert die Höhe der ausgezahlten Versicherungssumme«, sagte de Vries.

Der etwa fünfunddreißigjährige Angestellte forderte die Akte an.

»Wenn Sie einen Kaffee wünschen?« fragte er höflich.

»Nein, danke«, antwortete der Kommissar.

Eine Angestellte brachte die Unterlagen.

»Wollen wir einmal sehen«, sagte Berger und blätterte in den Akten.

»Der Totenschein ist von Dr. Tholen, Aurich, ausgestellt worden. Todesursache: Herzversagen. Die ausgezahlte Summe betrug zweihundertvierzigtausend Mark. Der Vertrag lief auf Gegenseitigkeit. Da Frau Swantje Mentjes als erste starb, können die Erben beim Ableben des Harm Mentjes keine weiteren Ansprüche anmelden«, erklärte der Jurist.

»Das leuchtet ein. Frau Mentjes wäre also ebenfalls in den Genuß der Auszahlung gekommen, wenn ihr Mann vor ihr verstorben wäre?« fragte Ideus.

»Ja, der Vorteil liegt darin, daß der überlebende Teil abgesichert ist, da die meisten Höfe mit der technischen Ausstattung heute fast nur von den Ehepaaren allein geführt werden«, sagte Dr. Berger.

»Das war es bereits, was wir wissen wollten. Wir danken Ihnen für die Auskunft, Dr. Berger«, sagte der Kommissar.

Der Sachbearbeiter nahm die Brille ab und begann sie mit dem Rand seines Pullovers zu reinigen.

»Hegen Sie einen Verdacht?« erkundigte er sich so beiläufig, als frage er nach dem Wetter.

»Nein, eigentlich nicht . . .« sagte Jesko de Vries.

»Wir beschäftigen Angestellte, die Ihnen kostenlos beistehen können«, sagte der Jurist.

Die Kripobeamten erhoben sich.

»Sollten wir weitere Auskünfte benötigen, dann melden wir uns«, sagte Jesko de Vries.

Der Kommissar drückte Dr. Berger die Hand.

»Lassen Sie die Akte in Frieden ruhen«, sagte er und lachte.

»Auf Wiedersehen«, sagte Dr. Berger und blickte den Polizeibeamten nach. Dann setzte er sich an seinen Schreibtisch und fertigte eine Aktennotiz an, für alle Fälle.

Im renommierten Café Pudding fanden sie keinen Platz.

Sie schauten in die übrigen Cafés der Innenstadt. Schwatzende Hausfrauen und diskutierende Studenten besetzten die Tische. In einer Cafeteria der klotzigen Kaufhäuser eine Pause einzulegen, das behagte ihnen nicht. Sie gingen zum Parkhaus und fuhren zur Autobahn.

Der Kommissar war kein Freund der Raserei. De Vries saß im Beifahrersitz und döste vor sich hin. Sie sprachen nur wenig. De Vries dachte an die Baupläne, die er mit seiner Freundin schmiedete. Zur Verwirklichung des Traumes vom Eigenheim standen ihnen keine ererbten Geldbeträge zur Verfügung.

»Chef, für Anja und Uwe war der frühe Tod ihrer Mutter sicherlich tragisch. Ihre Trauer milderten allerdings die großzügigen Nachlaßsummen. Eine Spritze von achtzigtausend Mark ist viel Kohle. So neben der Plackerei etwas Zaster für Baupläne und Spanien ist nicht unübel«, meinte de Vries.

»Bleib auf dem Teppich, Jesko, Gesundheit ist das höchste Gut.«

»Und mich macht der Fall langsam krank. Es kommt schließlich nicht selten vor, daß jemand nachhilft, wenn die Alten auf dem Geldsack sitzen. Ich erinnere mich an einen Vortrag, den der Leiter des Landeskriminalamtes gehalten hat. Er meinte, daß die Friedhöfe einer Großstadt wie unter Flutlicht erstrahlen würden, wenn auf den Gräbern der Opfer, die man umgebracht hat, kleine Lichter brennen würden«, sagte de Vries.

»Das Blabla der hohen Tiere«, murmelte der Kommissar geringschätzig.

Um sechzehn Uhr erreichten sie Aurich.

Der Kommissar parkte vor der Stadthalle.

»Ich spendiere einen Kaffee, Jesko«, sagte er.

Es hatte aufgehört zu regnen. Sie gingen zur Burgstraße. Im City Café setzten sie sich an einen Tisch und bestellten zwei Kännchen Kaffee.

Als die Bedienung den Kaffee servierte, rauchte der Kommissar entspannt eine Zigarette und reichte de Vries die Packung.

»An was denkst du, Jesko? An die Lichter auf dem Friedhof einer Großstadt?«

»Nun, wenn jemand den Tod der Swantje Mentjes in seine Planung einkalkuliert hätte . . .«

»Mord?« fragte der Kommissar.

De Vries grinste.

»Chef, der Gedanke kam mir nur so.«

Der Kommissar stieß den Rauch seiner Zigarette aus. Dann schaute er de Vries ernst an.

»Hm, Jesko. Swantjes plötzlicher Tod am Heiligen Abend hat der Familie eine überraschend hohe materielle nachweihnachtliche Bescherung gebracht. Anja kann mit ihrem schwarzen Freund das junge Glück in einer Eigentumswohnung genießen. Mentjes konnte die Äcker des ermordeten Etzinga kaufen, und Uwe träumt mit Kerstin von einem Segelboot und baut mit ihr das alte Bauernhaus um. Nur Swantje und Onno gingen leer aus. Statt tiefer Trauer um die Verstorbenen genießen die Lebenden den Wohlstand.«

»Chef, diese Gedanken finde ich äußerst gewagt. Doch konsequent weitergedacht, könnte der Eindruck entstehen, daß nicht nur Landwirt Etzinga, sondern auch Swantje Mentjes ermordet wurde.«

Der Kommissar lachte. »Die Phantasie geht mit dir durch, Jesko.«

»Oder auch nicht«, meinte de Vries.

»Mein Freund Harm lebt sehr zurückgezogen, Jesko. Aber Swantje sehnte sich nach Geselligkeit. Wir sollten uns ein wenig nach ihren Lebensgewohnheiten erkundigen.«

»In Aurich wird sicherlich getratscht. Doch ich habe bisher nichts Bemerkenswertes vernommen.«

»Kennst du den Chorleiter?«

»Nein, Chef. Vielleicht sollten wir ihn befragen.«

»Warum nicht«, antwortete der Kommissar und rief nach der Bedienung, um zu zahlen.

Chorleiter Ostermann, Oberstudienrat am Ulrichgymnasium in Aurich, wohnte ländlich. Sein Bungalow stand zwischen hohen Bäumen.

Ostermann begrüßte die Kriminalbeamten höflich und führte sie in seine gute Stube. Seine Frau schaute kurz in das Zimmer.

»Mutter, Besuch, machst du uns einen Tee?« fragte er seine Frau. Sie nickte und ging in die Küche.

Ostermann bat die Beamten, in der kleinen Sitzecke Platz zu nehmen. Er wies auf den Flügel und sagte: »Ich habe als Erstfach Musik studiert und glaubte in jungen

Jahren, meine Umwelt mit Meisterwerken beglücken zu können. Auch mein zweites Fach Deutsch verhalf mir nicht zu aufführbaren Dramen und akzeptierter Lyrik. Bescheiden geworden, habe ich mich der Chorarbeit gewidmet und ernte Erfolge.«

»Zu Ihren Chormitgliedern gehörten auch Frau Mentjes und Herr Etzinga«, sagte der Kommissar.

»Herr Kommissar, der frühe Herztod unserer Sangesschwester Swantje und der brutale Mord an unserem Sangesbruder Onno haben uns alle zutiefst getroffen«, betonte der Oberstudienrat erschüttert.

»Herr Ostermann, wie in jedem Verein nimmt auch in Ihrem Chor das Gesellige einen großen Raum ein«, meinte de Vries.

»Unser Chorgesang lebt vom Idealismus der Mitglieder. Im Gegensatz zum Sport stellt sich bei uns nie die Frage, wer am besten singt. Wir bieten eine Gesamtleistung dar. Uns allen liegt daran, dem Alltag mit seinen harten Anforderungen an einem oder gelegentlich an zwei Abenden der Woche zu entfliehen.«

»Gab es möglicherweise engere Beziehungen zwischen Frau Mentjes und Herrn Etzinga?« fragte der Kommissar.

»Mir fielen sie zumindest nicht auf. Etzinga teilte bei unserem Ausflug in den Harz mein Zimmer. Allerdings fanden wir kaum Schlaf«, sagte Ostermann und grinste.

Seine Frau servierte den Tee.

»Verzeihen Sie, aber Swantje Mentjes liebte die Geselligkeit, Herr Ostermann«, sagte der Kommissar und trank den Tee.

»Herr Kommissar, Onnos Mörder finden Sie nicht in den Reihen meines Chores«, sagte Ostermann überzeugt.

»Meine Frage zielte in eine andere Richtung. Bemühte

sich Herr Etzinga um die Zuneigung der schönen Bäuerin?« fragte Ideus.

»Was soll ich sagen? Sie schienen vertraut miteinander. Schließlich waren sie Nachbarn, wie Sie wissen.«

Die Beamten spürten, daß sich der Chorleiter um eine Stellungnahme drückte. Es hatte keinen Zweck, ihn weiter zu befragen.

»Wir danken Ihnen für die nette Bewirtung, Herr Ostermann. Achten Sie bitte auf Gerüchte, die im Chor auftauchen könnten. Sie sind nicht immer aus der Luft gegriffen«, sagte der Kommissar.

»Ich wünsche Ihnen viel Erfolg«, antwortete der Lehrer und begleitete sie zur Tür.

»Chef, der Oberstudienrat hält mit der Wahrheit hinter dem Berge zurück«, sagte de Vries, als sie in den Wagen stiegen.

»Das ist verständlich, oder? Für den Chor wäre es nicht gut, wenn wirklich etwas an dem Gerücht wäre.«

Im Posteingang befand sich ein Brief der Bremer Merkur-Bank. Ideus öffnete den Umschlag, las und reichte ihn dann de Vries. Der Text des Briefes lautete:

Streng vertraulich!
Auskunftsbeantwortung Anfrage der Kriminalpolizei, Revier Aurich.
Betreff: Mitarbeiterin Beate Multhaupt und Dr. Johannes Zander

Frau Beate Multhaupt
Seit März 1976 war Beate Multhaupt bei uns beschäftigt. Während ihrer letzten Dienstjahre arbeitete sie bei uns als

Sekretärin in der Außenhandelsabteilung. Sie schied auf eigenem Wunsch am 30. Juli 1986 aus.
Ihre Anschrift zu diesem Zeitpunkt:
Beate Multhaupt, Klipperstraße 25a, 2900 Oldenburg.

Herr Dr. Johannes Zander
Unser Mitarbeiter Dr. Johannes Zander ist seit dem 2. April 1972 bei uns beschäftigt. Er leitete mehrere Jahre die Außenhandelsabteilung und arbeitet seit Februar 1987 als Direktor unserer Filiale in New York.
Seine Anschrift:
Dr. Johannes Zander, Benjamin Franklin Street A/6, Queens/New York.
Personalabteilung A-4
ppa.
L. Rönne.

»Chef, es würde sich schon reizen, nach New York zu fliegen, um den Zeugen Zander zu befragen«, meinte de Vries und grinste listig.

»Dazu besteht keine Veranlassung, Jesko. Oldenburg liegt uns näher. Frau Multhaupt steht uns als Zeugin zur Verfügung.«

»Der Hausmeister sprach von einem Knatsch, Chef«, warf de Vries ein.

»Erkundige dich, welcher Wagen frei ist. Wir besuchen Frau Multhaupt. Hinterher wissen wir hoffentlich mehr«, sagte der Kommissar.

11

Die Klipperstraße in Oldenburg befand sich in der Nähe der ausgelagerten Verbrauchermärkte. Das Reihenhaus mit der Nummer 25a war rotgeklinkert und besaß einen kleinen Vorgarten. Eine alte Frau öffnete ihnen die Tür. Sie kicherte und schaute die Beamten belustigt an.

»Gnädige Frau, wir möchten Beate Multhaupt sprechen«, sagte Ideus.

»Ich bin Frau Multhaupt. Sie meinen meine Tochter. Sie arbeitet. Sie hat es nicht leicht. Ich helfe, wo ich kann«, sagte sie.

»Wo arbeitet Ihre Tochter?« fragte de Vries.

»Drüben in der Stadtsparkasse«, sagte sie und wies mit der Hand in die Richtung der Märkte.

»Danke«, sagte der Kommissar.

Sie fuhren zu den Einkaufsmärkten und fanden dort die Filiale der Stadtsparkasse.

Frau Multhaupt bediente am Schalter. Sie stutzte, als der Kommissar sich auswies.

»Haben Sie einige Minuten Zeit für ein paar Fragen, Frau Multhaupt?«

Die junge Frau war auf dem Foto, das der Hausmeister vor dem Schiffahrtsmuseum aufgenommen hatte, schlanker gewesen.

Frau Multhaupt bat eine Kollegin, ihren Dienst zu übernehmen, und führte die Beamten in einen Nebenraum. Stühle standen um einen Tisch. Werbeplakate priesen Kredite an. Sie nahmen Platz.

Frau Multhaupt wirkte elegant. Sie hatte sich für das Publikum ein wenig zurechtgemacht. Neugierig blickte sie die Besucher an.

»Ich bin Kommissar Ideus, und mein Assistent heißt de Vries. Ich will gleich zur Sache kommen. Sie bewohnen in Bremerhaven mit Herrn Dr. Zander eine Wohnung, die Herr Etzinga an Sie vermietet hatte«, sagte der Kommissar.

Die junge Frau nickte.

»Das ist richtig«, sagte sie und blickte auf ihre Hände, die sie auf dem Tisch übereinanderlegte.

»Frau Multhaupt, Ihr damaliger Gefährte wurde nach New York versetzt?« fragte de Vries.

»Ja«, sagte sie nur.

»Und Herr Etzinga, Ihr Vermieter, wurde Ihr neuer Lebensgefährte?« fragte der Kommissar.

Das Gesicht der jungen Frau wirkte traurig.

»Ich habe Onno Etzinga geliebt«, sagte sie. »Er hatte mir die Ehe versprochen. Doch hinterher stand ich da mit unserem Kind.«

»Herr Etzinga ist ein vermögender Mann, Frau Multhaupt«, sagte de Vries.

»Onno hat mich abgefunden. Ich habe mir ein Reihenhaus gekauft. Mir geht es finanziell gut, doch ich lebe allein«, sagte sie.

»Und Ihr ehemaliger Lebensgefährte Dr. Zander?« fragte der Kommissar.

Beate Multhaupt kämpfte mit den Tränen.

»Er wollte mich nach New York holen, doch zu diesem Zeitpunkt war ich bereits schwanger«, schluchzte sie.

»Alleinstehende Mütter haben es nicht leicht«, lenkte de Vries ein.

»Ich hatte zum Glück noch meine Mutter«, antwortete Beate Multhaupt.

»Und Dr. Zander, der ehemalige Freund Etzingas? Treffen Sie ihn gelegentlich?«

»Wenn er von New York kommt, reicht es für eine Tasse Kaffee in einem Café«, sagte sie.

»Wann trafen Sie ihn zuletzt?« fragte der Kommissar.

»Ende Januar, Anfang Februar«, antwortete sie.

»Und kümmerte sich Herr Etzinga um sein Kind?« fragte de Vries und schämte sich, die junge Frau anzuschauen.

»Nein, wir haben uns über Rechtsanwälte geeinigt, doch dann verstarb mein Sohn. Er war behindert . . .« antwortete sie. Tränen stiegen ihr in die Augen.

»Frau Multhaupt, Herr Etzinga hatte, bevor Sie mit Dr. Zander sein Apartment bewohnten, an ausländische Studentinnen vermietet. Könnte er sich möglicherweise bei diesen Mieterinnen Feinde geschaffen haben?« fragte der Kommissar.

»Darüber habe ich nie etwas erfahren«, sagte Beate Multhaupt und blickte den Kommissar mißtrauisch an. »Stimmt etwas nicht?« fragte sie nach Sekunden.

»Onno Etzinga wurde ermordet«, sagte de Vries. Er erwartete einen erneuten Tränenfluß, doch Beate Multhaupt schüttelte nur traurig den Kopf.

»Herr Kommissar, unser gemeinsamer Sohn ist tot. Onno hat sich an seinem Kind versündigt. Jochen hat seinen Vater nie gesehen. Er überließ mir und meiner senilen Mutter die Pflege. Jetzt bin ich darüber hinweg.«

»Frau Multhaupt, wir von der Kripo haben die Aufgabe, seinen Mörder zu überführen«, sagte der Kommissar.

Beate Multhaupt blickte die Beamten wehleidig an. »Dann sind Sie bei mir an der falschen Adresse.«

»Immerhin hat er Sie sitzenlassen«, stellte de Vries fest.

»Nicht direkt. Seine Art sich einzuschmeicheln, seine Besessenheit nach Sex, seine Überredungs- und Verführungskünste waren abscheulich«, ereiferte sich die Sparkassenangestellte.

»Und Dr. Zander?« fragte der Kommissar neugierig.

»Fragen Sie ihn selbst«, antwortete sie gequält.

»Frau Multhaupt, wir gehen nicht davon aus, daß Sie mit dem Mord an Onno Etzinga zu tun haben«, sagte der Kommissar.

»Onno und ich haben nicht zueinander gepaßt. Wir haben miteinander abgerechnet. Mich geht das alles nichts mehr an.«

Ideus erhob sich. »Alles Gute und auf Wiedersehen, Frau Multhaupt«, sagte er.

»Ein Wiedersehen wird nicht erforderlich sein«, erwiderte sie lächelnd und führte die Beamten zurück in die Schalterhalle.

»Tschüß«, sagte sie freundlich, als die Beamten die Filiale verließen.

De Vries saß an seinem Schreibtisch und tippte das Protokoll. Er unterbrach seine Schreibarbeit, als der Kommissar mit der Dienstpost das Zimmer betrat.

»Die Multhaupt besaß eine Stinkwut auf Etzinga, Chef«, sagte er. »Obwohl sie einen gemeinsamen Sohn hatten, war sie nicht auf seiner Beerdigung.«

»Sie war ja auch nicht eingeladen worden«, sagte der Kommissar.

»Trotzdem, Chef. Für mich ist sie ein Flittchen. Kaum war der Freund in New York, stieg sie mit Etzinga ins Bett. Mal angenommen, dieser Dr. Zander war darüber so sauer, daß er seinen Freund umbrachte.«

»Die Pferde gehen wieder mit dir durch, Jesko.«

»Vielleicht, Chef, aber auch harte Manager sind vor

Haß- und Rachegefühlen nicht gefeit. Angenommen, das wäre mir passiert. Ich glaube . . .«

»Ich weiß, Jesko. Du hättest deinen Nebenbuhler umgebracht«, unterbrach ihn der Kommissar. Er griff nach einem Schreiben. »Hier habe ich einen Brief der Rustika-Lebensversicherung Hannover. Dieser Dr. Berger besitzt die Frechheit, uns nach dem Stand der Ermittlungen im Falle Swantje Mentjes zu fragen.«

»Er spricht von einem Fall?« fragte de Vries überrascht.

»Hier, lies selbst.« Der Kommissar schob ihm das Schreiben zu. Er langte nach dem Telefonhörer.

»Verbinden Sie mich mit Dr. Tholen«, sagte er. Dann blickte er Jesko an. »Nun wollen wir es wissen.«

Das Telefon klingelte. Ideus nahm den Hörer ab.

»Ideus, Kripo Aurich. Herr Dr. Tholen? Es geht um den Tod der Bäuerin Swantje Mentjes am Heiligen Abend. Sie stellten den Totenschein aus.«

Jesko de Vries sah, wie der Kommissar mit ernstem Gesicht auf die Antwort wartete.

»Ich habe verstanden, ich werde mit Ihrem Kollegen sprechen«, sagte Ideus und legte den Hörer nachdenklich auf die Gabel.

»Jesko, der Herztod der Swantje Mentjes war nicht unumstritten«, sagte er.

»Es gab Zweifel?« fragte de Vries überrascht.

»Wir fahren zum Krankenhaus und fragen Dr. Frerichs selbst«, entschied der Kommissar.

Sie zogen die Mäntel über und gingen zum Wagen.

Das Krankenhaus lag am Stadtrand von Aurich an der Wallinghauser Straße. Gärtner arbeiteten in den Anlagen. Auf dem Parkplatz herrschte reger Betrieb.

In der Pförtnerloge saßen zwei Angestellte vor der Telefonanlage.

Kommissar Ideus zeigte seine Polizeimarke.

»Dr. Frerichs«, sagte er nur.

Der Mann warf einen Blick auf eine Reihe bunter Knöpfe seiner Telefonanlage.

»Er ist im Hause, Station Drei. Innere«, sagte der Pförtner.

Sie nahmen die Treppe und schritten durch den langen Flur.

Die Stationsschwester führte sie zu einem kleinen Arbeitszimmer. Sie bat sie, sich etwas zu gedulden.

De Vries spürte den scharfen Geruch eines Desinfektionsmittels in der Nase.

»Wenn auch nur ein Quentchen Zweifel an der Todesursache der Bäuerin besteht, marschieren wir direkt zum Staatsanwalt«, sagte Ideus.

Dr. Frerichs betrat das Stationszimmer. Er begrüßte die Beamten und reichte ihnen die Hand.

»Sie haben Fragen, Kommissar?«

»Es geht um die Todesursache der Frau Swantje Mentjes, Herr Dr. Frerichs«, sagte Ideus.

»Ich weiß, mein Kollege Tholen rief mich an«, antwortete er.

»Wir hegen keinen festen Verdacht gegen bestimmte Personen. Es handelt sich mehr um ein theoretisches Gedankenspiel«, sagte der Kommissar.

»Der Vorgang ist schnell dargestellt. Dr. Tholen begleitete die Schwerkranke vorsorglich im Krankenwagen hierher. Eine notwendige Injektion hatte keinen Erfolg erbracht. Frau Mentjes starb auf dem Weg ins Krankenhaus. Mein älterer Kollege befand sich angesichts der Stunde und der Umstände im Streß. Er bat mich, seine

Diagnose zu bestätigen. Ich fand im Rachen der Toten Anzeichen einer Atmungslähmung. Auf Feiern wird viel geraucht, und ein Patient, der einen Kreislaufkollaps erleidet, benötigt viel Sauerstoff. Sauerstoff verbrauchen im Übermaß Kerzen, die Flammen des Kamins, aber auch die Feiernden. Ich hegte keinen ernstzunehmenden Verdacht«, sagte der Arzt.

»Können Sie Fremdverschulden ausschließen?« fragte de Vries.

Dr. Frerichs trat an den kleinen Schreibtisch. Das seitliche Wandregal war voller medizinischer Werke.

»Nein. Sowohl mein Kollege als auch ich halten es für möglich, daß wir uns geirrt haben können. Nur eine Autopsie würde letztlich Klarheit bringen«, sagte er und schaute auf die Buchrücken seiner Bibliothek, als wollte er seine Meinung damit unterstreichen.

»Und auf welche Art und Weise hätte irgend jemand den Herztod der Swantje Mentjes herbeiführen können?« fragte der Kommissar.

»So wie es in der Kriminalgeschichte bereits häufig vorexerziert worden ist, nämlich mit einem Gift«, antwortete der Arzt.

»Ein abscheulicher Gedanke«, meinte der Kommissar.

»Und ein beschwerlicher Weg«, antwortete der Arzt und lächelte.

»Wir suchen den Staatsanwalt auf, Herr Dr. Frerichs«, sagte Ideus.

»Er und der beratende Untersuchungsrichter müssen entscheiden, ob wir den ewigen Frieden der Swantje Mentjes stören müssen.«

»Ich werde den Herren den Sachverhalt bestätigen, so wie ich ihn Ihnen hier vorgetragen habe«, versicherte Dr. Frerichs.

»Es wäre gut, wenn Sie uns einen kleinen schriftlichen Bericht zuschicken würden«, sagte de Vries.

»Den werden Sie noch heute von mir bekommen«, sagte der Arzt.

Sie verabschiedeten sich und gingen zum Parkplatz.

Staatsanwalt Dr. Duinmann empfing die Beamten mürrisch und bat sie, in den Besuchersesseln Platz zu nehmen.

»Bringen Sie mir Ergebnisse im Fall Etzinga, oder kommen Sie mit neuen Problemen?« fragte er mißgelaunt.

Ideus kannte sein Getue. Der grauhaarige Mann blickte schon seit geraumer Zeit auf ein bestimmtes Datum. Er sehnte sich nach seiner Pensionierung. Für den Ruhestand hatte er sich auf der Insel Spiekeroog eine Wohnung gekauft.

»Dr. Tholen und Dr. Frerichs schließen nicht aus, daß Swantje Mentjes keines natürlichen Todes starb, Herr Staatsanwalt«, sagte der Kommissar.

Dr. Duinmann erschrak. Er neigte sich vor.

»Herr Ideus, ich verspüre weder Lust noch Laune, mir solche Albernheiten anzuhören«, sagte er entrüstet.

»Herr Staatsanwalt, ich möchte Sie ersuchen, den Leichnam der Swantje Mentjes exhumieren zu lassen«, bat der Kommissar.

Jesko de Vries amüsierte sich über den als äußerst bürokratisch verrufenen Staatsanwalt.

Dr. Duinmann stand auf und trat an das Fenster, als wolle er die Störenfriede seine Abneigung spüren lassen.

»Wie stellen Sie sich das vor? Hier in unserem friedlichen Aurich? Wen wollen Sie verdächtigen? Den geplagten Landwirt oder seine Kinder? Das grenzt an Amtsmißbrauch«, schimpfte er.

Kommissar Ideus blieb ruhig. Er legte die Hände übereinander, während ihm eine leichte Röte ins Gesicht stieg.

»Herr Staatsanwalt, der Leichnam der Swantje Mentjes gehört in das gerichtsmedizinische Institut«, sagte er gelassen.

Dr. Duinmann trat zu ihnen an den Tisch.

»Sie haben die Tragweite Ihrer Forderung nicht genügend durchdacht«, sagte er aufgebracht.

»Sie können mir den Fall abnehmen lassen, Herr Staatsanwalt«, konterte der Kommissar. »Nicht aber meine berufliche Verantwortung.«

Dr. Duinmann blickte de Vries an.

»Und Sie?«

»Unser Anliegen scheint mir wichtiger zu sein als bürgerliche Rücksichtnahme«, antwortete de Vries und grinste frech.

»Das ist doch die Höhe!« empörte sich der Staatsanwalt. Er ging zum Schreibtisch und setzte sich in Positur.

»Herr Staatsanwalt, wir werden unseren Besuch aktenkundig machen«, sagte der Kommissar. Er stand auf. Auch de Vries erhob sich.

»Ich werde mit Dr. Tholen und Dr. Frerichs sprechen und meines Amtes walten. Der Untersuchungsrichter soll dann entscheiden. Sie hören von mir«, sagte Dr. Duinmann ernst, sein Gesicht drückte seine Abneigung aus.

Die Beamten verließen das Dienstzimmer des Staatsanwalts. Auf dem Parkplatz schimpfte der Kommissar.

»Skandal oder nicht, Jesko. Der Rustikal-Lebensversicherung geht es um das Geld. Wir suchen einen Mörder. Fahren wir zum Revier.«

Bedienstete der städtischen Friedhofsverwaltung und des Gartenamtes sperrten den Weg zu Swantje Mentjes' Grab mit Baumarkierungen ab. Sie täuschten Wegarbeiten vor und begannen den Sarg freizulegen. Das schöne Wetter hatte angehalten, und die Frostschicht war fast abgetaut.

Es wurde bereits dunkel, als die Männer den Sarg aus dem Grab hoben und ihn in den Leichenwagen schoben.

Der schwarzgekleidete Fahrer kannte sein Ziel und fuhr los. Die Bediensteten schaufelten das Grab wieder zu und bedeckten es mit Tannengrün.

Der Staatsanwalt wischte sich den Schweiß von der Stirn, als die Männer die Sperren auf ihr Fahrzeug luden.

»Wenn das an die Öffentlichkeit dringt und Frau Mentjes in der Tat an einem Herzversagen verstarb, bin ich erledigt«, wandte er sich an den Kommissar.

»Stellen Sie sich das Getratsche vor, wenn Sie die Familie Mentjes von diesem notwendigen Schritt unterrichtet hätten«, sagte de Vries.

»Der Untersuchungsrichter hat die Aktion abgesegnet«, fügte Ideus hinzu.

Dr. Duinmann nickte nur. Sein Gesicht wirkte bleich.

In Aurich kamen keine Gerüchte auf.

Kein Reporter umschlich mit einer Kamera das Grab. Die Aktion war ungestört verlaufen.

Nach einigen Tagen wiederholten die Friedhofs- und Stadtgärtner ihr Ablenkungsmanöver. Sie karrten frische Asche auf die Gehwege, walzten sie fest, während der Sarg mit der sterblichen Hülle der Swantje Mentjes im Grabe die endgültige Ruhe fand.

Ein Kälteeinbruch erschwerte den Bediensteten zwar die Arbeit, doch der aufgebriste Ostwind legte eine weiße Schneedecke über das Grab.

Als die Mannschaft am Abend den Friedhof verließ,

atmete Dr. Duinmann erleichtert auf. Er lud den Kommissar und seinen Assistenten zu einem Bier in die ›Alte Wache‹ ein und spendierte vorweg einen eisgekühlten Küstenkorn, den er zur inneren Erwärmung dringend selbst benötigte.

12

Der Winter begann sein Rückzugsgefecht. Windböen trieben Graupelschauer über das Land. Gelegentlicher Schneefall brachte Matsch.

Harm Mentjes verlebte mit seiner Hausgehilfin Traa Kim eine glückliche Zeit. Sie stand ihm nicht nur bei seinen Hofarbeiten erfolgreich zur Seite, sondern verwöhnte ihn auch im Bett mit asiatischer Liebe.

Ihr Bruder Jong Kim bewährte sich auf dem Hof als erfahrener Landarbeiter gegen Bezahlung.

Uwe Mentjes arbeitete intensiv an seiner Diplomarbeit, die einen Aspekt der Teilchenphysik behandelte. Er wollte die Erwartungen seiner Professoren nicht enttäuschen.

Kerstin Etzinga saß abends vor den Schulheften ihrer vierten Klasse. Sie bereitete den Unterrichtsstoff für ihre Schüler gewissenhaft vor, denn ihre Noten bestimmten den weiteren Bildungs- und Chancenweg ihrer Schüler in der Orientierungsstufe.

Allan Strawberry half Anja bei der Einrichtung ihrer gemeinsamen Eigentumswohnung in Dornum.

Niemand der Familie hegte den Wunsch, an das Grab der Swantje Mentjes zu treten, um ein paar Blumen als Gruß der Lebenden an die Tote dort abzulegen.

Niemand von ihnen ahnte zu dieser Zeit, daß sich ein Gewitter über ihnen zusammenballte.

Im Revier diskutierten Kommissar Ideus und sein Assistent de Vries die Ergebnisse des wissenschaftlich fundierten Laborberichtes des Gerichtsmedizinischen Institutes.

Die Fakten waren schockierend. Swantje Mentjes hatte kurz vor ihrem Tod Bier getrunken, das mit ›E sechshundertfünf forte‹ angereichert war.

»Fazit: Sie wurde also auch ermordet«, stellte de Vries fest.

»Besprechen wir uns mit Dr. Duinmann«, sagte der Kommissar.

Das Dienstzimmer des Staatsanwaltes lag im Hauptgebäude des Schlosses. Die Sekretärin führte sie direkt in sein Büro. Dr. Duinmann saß mit ernster Miene an seinem Schreibtisch und bat die Kripoleute, Platz zu nehmen.

»Unsere Befürchtungen sind eingetroffen. Es gilt, einen zweiten Mord aufzuklären«, begann der Kommissar das Gespräch.

»Ich bin bereits informiert und will meine Entrüstung für mich behalten. Hier geht es allein um die Gerechtigkeit. Ich hatte bereits ein Gespräch mit dem Amtsrichter. Er wird einen Haftbefehl ausstellen. Harm Mentjes wird zur Last gelegt, am Heiligen Abend 1987 seine Frau heimtückisch mit vergiftetem Bier ermordet zu haben. Niedere Beweggründe, nämlich die Summe der Lebensversicherung, verleiteten ihn zu dieser Tat«, sagte Dr. Duinmann.

Der Kommissar schaute durch das Fenster. Der Himmel zeigte sich trist grau.

»Ist das nicht ein wenig voreilig, Herr Staatsanwalt?«

Dr. Duinmann blickte den Kommissar irritiert an.

»Es besteht keine Verdunkelungsgefahr«, sagte Ideus. »Mentjes bleibt Zeit genug, seinen Standpunkt festzulegen. Er ist mein Skatbruder, nein, er war mein Skatbruder, denn auch Herr Etzinga gehörte neben Wert Koller zu unserem Quartett. Deshalb möchte ich zuerst einmal mit ihm persönlich sprechen.«

»Der Mord an Swantje Mentjes war perfekt eingefädelt. Ohne unsere Skepsis hätte es keine Anklage gegeben, Herr Staatsanwalt«, sagte de Vries.

»Herr Kommissar, Mentjes fühlt sich noch sicher. Nutzen Sie den Überraschungseffekt, und liefern Sie mir nach Ihrem Besuch ein lückenloses Protokoll«, sagte Dr. Duinmann.

Ideus atmete auf.

»Darf ich Ihren Apparat benutzen?« fragte er.

Der Staatsanwalt hob den Hörer ab.

»Eine Verbindung mit dem Landwirt Harm Mentjes«, sagte er nur und legte auf.

Ideus stand am Schreibtisch und wartete. Als es klingelte, hob er den Hörer ab.

»Hier Folkert«, sagte er. Er hörte, wie Harm im Spaß sagte: »Willst du einen neuen Skatclub gründen?«

»Das wird schwierig sein, nachdem Onno ermordet wurde. Nein, ich muß dich sprechen«, antwortete Ideus.

»Dienstlich?« fragte Harm nach einer Weile.

»Ja, und eilig«, sagte der Kommissar. Sein Skatbruder nahm sich Zeit für eine Antwort.

»Gut. Nach der Stallarbeit bei mir«, sagte Harm.

Der Kommissar legte den Hörer auf.

»Und?« fragte der Staatsanwalt.

»Heute abend werde ich ihn besuchen«, antwortete der Kommissar.

Über die Weiden, Felder und rotgeklinkerten Höfe legte sich die Dämmerung. Der Kommissar saß am Steuer seines Wagens und dachte über seinen Skatbruder Harm Mentjes nach. Harm war nicht nur ein starker und stämmiger Mann, sondern auch charakterlich konsequent und listig. Ihm war der Mord an seiner Frau zuzutrauen.

Der Kommissar erreichte den Hof. Ein muffiger Dunggeruch stieg ihm in die Nase. Er vernahm das dumpfe Rasseln der Kuhketten. Die Fenster des Wohnhauses waren erleuchtet.

Er schritt zu der kleinen Seitentür und drückte den Klingelknopf.

Die Vietnamesin öffnete ihm die Tür. Sie trug Jeans und eine bunte Bluse. Sie sah hübsch aus und lächelte ihn an.

»Moin«, begrüßte sie ihn freundlich.

»Ich bin angemeldet«, sagte der Kommissar höflich.

»Chef erwarten Gast«, antwortete sie und führte Ideus durch die Milchküche zum Wohnzimmer.

Mentjes saß im Sessel vor dem Couchtisch. Er quälte sich hoch. Ideus reichte ihm die Hand.

»Setz dich, Folkert«, sagte Mentjes und zeigte auf den Sessel. Die Vietnamesin wartete in der Nähe der Tür.

»Was darf ich dir anbieten?« fragte Harm.

»Für einen Schnaps ist es zu früh. Außerdem muß ich noch fahren. Wenn es keine Umstände macht, einen Tee«, entschied sich Ideus.

»Den hat Traa Kim bereits vorbereitet«, sagte Harm

Mentjes. Er wandte sich an die Vietnamesin. »Für mich ein Bier, Traa Kim.«

Sie blickten sich eine Weile stumm an. Dann brach Harm das Schweigen.

»Folkert — oder muß ich jetzt Kommissar sagen?«

Er ließ sich in den Sessel fallen.

»Du hast erwiesenermaßen starke Nerven, Harm«, antwortete Ideus. »Ich hätte die Beerdigung meiner Frau nicht so kühl und ruhig überstanden wie du.«

Harm schaute seinen Skatbruder mißtrauisch an.

»Das Leben geht weiter, Folkert. Der Alltag holt dich schnell ein. Du kannst nicht aussteigen. Die Kinder und deine Bedürfnisse«, sagte Mentjes und begann seine Pfeife zu stopfen.

»Ich verstehe. Der Betrieb, und mit Fünfzig gehört man noch nicht zum alten Eisen«, antwortete der Kommissar mitfühlend.

»Du sprichst mir aus der Seele.« Harm zündete die Pfeife an und blies den Qualm von sich.

»Du hättest auch kürzertreten können, Harm. Die Versicherungssumme der Rustika-Lebensversicherung hätte sicher gereicht.«

Harm schaute auf.

»Du spionierst hinter mir her?« fragte er aufgebracht.

»Langsam, Harm. Ich bin Beamter. Mein Dienst fordert mich. Freundschaft ist eine andere Sache«, meinte der Kommissar.

Die Vietnamesin reichte Harm das Bier und servierte dem Kommissar den Tee. Sie verbeugte sich und sagte: »Ich gehe auf mein Zimmer. Wenn mich wünschen, rufen.«

Der Kommissar sah ihr nach. Ein hübsches Persönchen, dachte er.

»Ich gratuliere, eine nette Hilfe hast du gefunden«, sagte er.

Harm füllte das Bier in das Glas. Ideus legte Kluntjes in die Tasse und goß den Tee ein.

»Zur Sache, Folkert. Was willst du von mir?« fragte Mentjes und kippte das Bier in sich hinein.

»Wir haben deine Frau exhumieren lassen«, sagte Ideus und fühlte den Schweiß, der sich auf seiner Stirn bildete. Er griff zur Teetasse und nahm einen großen Schluck.

Harm fuhr sich mit seiner fleischigen Hand durch das Haar.

»Ihr Bullen habt Swantje aus ihrer ewigen Ruhe geholt?« fragte er gefährlich leise und starrte den Freund fassungslos an.

»Harm, beruhige dich! Hör mir zu!« sagte Ideus. Er fühlte, wie seine Hand zitterte, als er die Tasse absetzte.

Mentjes neigte sich vor, sein Atem ging schnell.

»Harm, das mußte sein. Swantje wurde ermordet«, beteuerte Ideus.

»Du widerlicher Bulle. Du gemeiner Schnüffler«, zischte Mentjes und kam in Fahrt.

»Harm, hör bitte zu. Swantje wurde vergiftet. Mit E sechshundertfünf forte!« brüllte Ideus ihm entgegen.

Mentjes legte die Pfeife in den Aschenbecher. Er griff mit seinen Händen nach den Jackenaufschlägen seines Skatbruders. Ideus spürte den Druck seiner Hände. Er versuchte, sich aus dem Griff zu befreien.

»Und mich willst du überführen, du pissige Beamtensau!« schrie Mentjes.

Er ließ von Ideus ab, erhob sich und ging in die Küche. Er kam mit einer Schnapsflasche zurück.

»Harm, begreif es doch endlich«, schrie Ideus. »Mit dem Corvit kannst du die Probleme nicht lösen!«

Wie hypnotisiert ging Harm zurück und brachte die Flasche weg. Er trug Bierflaschen in seinen Händen, als er zurückkam. Schweratmend ließ er sich in den Sessel fallen. Er wischte sich den Schweiß von der Stirn, öffnete eine Flasche und setzte sie sich an den Mund. Er trank sie in einem Zuge leer. Dann schaute er Ideus an.

»Kommissar Skatbruder, ich besitze E sechshundertfünf forte, ja, ich sprühe es gegen Insekten. Du mußt nicht lange im Stall suchen«, sagte er gehetzt.

»Hast du Swantje das Gift in das Bier gegeben, das sie kurz vor ihrem Tode trank?« fragte Ideus.

Harm griff zur nächsten Bierflasche. Auch diese trank er ex. Dann lachte er wie ein Verrückter und rang nach Luft. Plötzlich schlug seine Stimme um. Er stand auf und sagte völlig nüchtern: »Hau ab, Folkert. Ich kann euch alle nicht mehr sehen. Zu viele haben mich enttäuscht. Verlaß sofort mein Haus!«

Der Kommissar erhob sich. War sein Skatbruder geisteskrank?

»Wenn du nicht mit mir reden willst, dann wird der Staatsanwalt dich befragen«, sagte er drohend.

»Geh, bevor ich dich erschlage«, zischte Mentjes böse.

Der Kommissar wich zurück, als Harm sich ihm mit ausgestreckten Armen näherte.

»Hast du etwa auch unseren Freund Onno erschlagen?« sagte Ideus aufgebracht.

»Widerlicher Bulle!« schrie Harm Mentjes.

Der Kommissar zog seine Dienstwaffe.

»Harm, ich warne dich! Wir sehen uns wieder«, sagte er und verließ das Haus.

Harm Mentjes verschloß die Haustür. Er hörte die Geräusche des davonfahrenden Wagens.

»Der verdammte Schnüffler!« murmelte er vor sich hin.

Er spürte die aufkeimende Unruhe in sich. Schweißperlen bildeten sich auf seiner Stirn. Die Bullen werden mich jagen, dachte er verbittert. Allen voran mein Skatbruder Folkert Ideus.

Harm Mentjes wog seine Chancen ab, vor einen Richter mit glaubwürdigen Aussagen treten zu können.

An diesem Abend schritt er an der Tür seiner Geliebten Traa Kim vorbei und stieg die Treppe hoch zum Speicher. Er hatte Swantjes Sachen ausrangiert, sie abgelegt, weil sie für ihn nicht mehr waren als Requisiten eines abgespielten Stückes.

Sicher würde Folkert nicht davor zurückschrecken, bei ihm mit einem Hausdurchsuchungsbefehl zu erscheinen. Er wollte gerüstet sein.

»Kerstin wird nicht wissen, daß ihr Vater es in seinem Apartment mit jungen Mädchen trieb«, sagte der Kommissar. »Aber nehmen wir einmal an, Onno Etzinga hätte auch Mentjes mit seiner Swantje betrogen, dann hätten wir ein weiteres Motiv: Eifersucht.«

»Diese Vermutung liegt nahe. Etzinga war ein Weiberheld«, sagte der Staatsanwalt.

»Herr Staatsanwalt, ich gebe zu bedenken, daß Mentjes vor Weihnachten bei unserem Skatbruder Wert Koller teuren Schmuck für seine Frau und seine Tochter gekauft hat«, stellte Ideus fest.

»Ich bleibe dabei, auf ihn konzentrieren sich die Verdachtsmomente«, erwiderte Dr. Duinmann.

»Landwirt Mentjes wird seinen Hof nicht verlassen,

Herr Staatsanwalt«, sagte de Vries. »Ihn zu inhaftieren, bringt uns keinen Schritt weiter. Gönnen Sie uns etwas Zeit zum Recherchieren.«

»Dazu benötigen wir einen Hausdurchsuchungsbefehl«, sagte der Kommissar.

»Glauben Sie, er hätte das Gift jetzt noch griffbereit herumstehen?« fragte der Staatsanwalt.

»Das Gift ist handelsüblich. Die meisten Landwirte benutzen es. Uns interessieren seine Schuhgröße und sein Schuhbestand. Außerdem wollen wir ihn ein wenig unter Druck setzen«, sagte der Kommissar.

Dr. Duinmann erhob sich. Er verschränkte seine Hände auf dem Rücken.

»Ich spreche mit dem Amtsrichter«, sagte er und verließ hinkend das Dienstzimmer.

13

Ideus und de Vries fuhren in Begleitung eines Kollegen der Schutzpolizei zum Mentjes-Hof.

Ein kräftiges Hoch hatte die Küste erreicht. Der Himmel war blau, und ein lauer Wind wehte über die Felder und Weiden.

Sie parkten den Bully in der Nähe des Stalles. Mistfladen und lehmige Treckerspuren bedeckten den Boden. Es stank bestialisch. Der aufgehäufte Mistberg war bis zur Hälfte abgetragen.

Die Vietnamesin kam ihnen aus dem Stall entgegen. Sie zeigte sich nicht sonderlich überrascht, als sie die Polizeibeamten bemerkte.

»Moin! Chef auf Acker, muß gleich kommen«, sagte sie.

Ein Traktor mit einem Miststreuer fuhr auf den Hof. Der Mann hinter dem Steuer des Lanz-Schleppers winkte den Beamten zu.

»Mein Bruder«, sagte Traa Kim. »Er versteht viel von Arbeit auf Farm. Er kann hier Geld verdienen. Sozialhilfe ist zu wenig, um schaffen eine Existenz.«

Der Kommissar beobachtete, wie der kleine Asiat vom Lanz-Schlepper stieg. Auch er wirkte wie seine Schwester zierlich, erst recht, als er an den wuchtigen Reifen des Fahrzeuges vorbeiging. Er lächelte freundlich.

»Ich bin Jong Kim. Ich helfen Bauer, weil er nicht kann alles machen.« Er zeigte auf den blauen Himmel. »Ist gutes Wetter, wir fahren Mist zum Pflügen.«

Der Kommissar dachte an Uwe Mentjes, der Teilchenphysik studierte, was das auch immer sein mochte. Ihm blieb sicherlich keine Zeit, einen Traktor zu steuern.

Jong Kim schritt zum Transportband und ließ den Mist auf den Hänger platschen. Stinkende Dunstwolken mischten sich mit der Frühlingsluft.

Die Beamten rauchten und warteten auf den Landwirt. Sie sahen zu, wie Jong Kim in das Führerhaus kletterte und sich hinter das Steuer setzte. Er winkte und fuhr davon. Wie verabredet steuerte wenige Minuten später Mentjes den Unimog auf den Hof.

So, als hätte er die Beamten nicht gesehen, brachte er sein Fahrzeug vor dem Transportband in Position. Er schaute nicht einmal auf, als er das Band und den Greifer einschaltete.

»Gehen wir«, sagte der Kommissar.

Harm Mentjes trug einen Latzanzug, der seine kräftige Statur voll zur Geltung brachte. Erst als die Beamten in seiner Nähe standen, schaltete er die Ladevorrichtung ab und drehte sich um.

»Hier riecht es nach Scheiße, Folkert! Kannst du mich nicht in Ruhe lassen?« fragte er böse.

»Was denkst du, was ich in meiner Tasche habe, Harm?«

»Wie ich dich kenne, einen todsicheren Grand mit Vieren«, antwortete Mentjes angewidert und spuckte auf den Boden.

»Bleib auf dem Teppich, Harm. Der Untersuchungsrichter ist bereit, einen Haftbefehl auszustellen«, sagte der Kommissar.

»Und du kommst als sein Erfüllungsgehilfe. Und weil du Angst hast, ich würde deine zarten Beamtenknochen brechen, kommst du mit deiner Truppe«, sagte Mentjes und lehnte sich kampfbereit an die fleckige Seitenwand des Miststreuers.

»Herr Mentjes, seien Sie vernünftig. Der Kommissar hat für Sie einiges herausgeholt«, sagte de Vries.

»Grünschnabel! Du glaubst wohl jetzt, vor einem Doppelmörder zu stehen, der nicht mehr wert ist als das, was er auf seinen Anhänger lädt, was?« schrie Harm den Assistenten an.

»Wenn Sie es wissen wollen, ja«, antwortete de Vries wütend.

»Mein Gott, Harm, komm doch endlich zur Vernunft«, stöhnte Ideus.

»Was ist, Skatbruder, soll ich die Karten hinwerfen?« fragte Mentjes ironisch. »Soll ich sagen, ich brachte Swantje um, ja, ich war es, der den geilen Etzinga im Stall abgeschlachtet hat? Soll ich meine Stiefel ausziehen, die voller Mist sitzen, und dir folgen?«

»Harm, was du auch vorbringst, du bleibst unsere Nummer Eins«, sagte der Kommissar verärgert.

Mentjes ging auf Ideus zu. Wie ein Ringer neigte er den Kopf vor. Die Arme ließ er mit geöffneten Händen baumeln. De Vries und die Beamten umringten ihn.

»Folkert, ja, ich reize! Ich sage Kontra, ich sage Re. Ich verlasse mich auf den Skat. Und wenn du mich nicht mitnehmen kannst, dann verschwinde mit deinen Bullen!« schrie er.

Ideus war fertig. Der Freund strapazierte seine Nerven.

»Wir werden dein Haus durchsuchen, Harm. Selbst, wenn wir dich in Ketten legen müssen«, sagte er verärgert.

»Los, worauf wartet ihr noch?« stieß Mentjes wütend hervor. »Steigt treppauf und treppab. Sucht nach Kondomen, die ich benutzt habe. Nur laßt mich hier in Frieden. Dieser Mist hier gehört auf die Felder.«

Er schritt an das Transportband und kümmerte sich nicht weiter um seine Besucher.

Traa Kim mußte gelauscht haben. Sie blickte ihnen mit ihren Mandelaugen freundlich entgegen, dabei wirkte sie völlig gelassen.

»Können gehen durch ganzes Haus. Ich nicht begleiten Sie. Habe Vertrauen in deutsche Polizei. Ist Sache von Chef«, sagte sie und begann, sich in der Küche mit Töpfen zu beschäftigen.

Die Beamten betraten das Wohnzimmer.

»Hier haben sie gefeiert, Chef, beim offenen Feuer und mit einem Tannenbaum«, sagte de Vries.

»Ja, die ›Stille und Heilige Nacht‹, in der Swantje gelähmt vom Gift mit klarem Verstand zu sterben begann«, antwortete der Kommissar.

»Es ist sinnlos, hier in Schubladen herumzusuchen«, sagte de Vries.

»Schauen wir uns die übrigen Räume an«, schlug Ideus vor.

Im Schlafzimmer des Landwirtes lag die Wäsche geordnet im Schrank. De Vries interessierte sich für den kleinen Schuhschrank. Er enthielt keine Wanderschuhe mit groben Sohlen. Das hatte er auch nicht erwartet. Er griff nach ein paar Sonntagsschuhen und verglich sie mit dem Gipsabdruck.

»Die Größe kommt hin, Chef«, sagte er und stellte die Schuhe zurück auf das Brett.

»Was nicht heißen muß, daß . . .« murrte der Kommissar.

»Immerhin«, stellte de Vries fest.

Auf dem Doppelbett lag ein Schlafanzug.

Sie warfen einen Blick in das zweite Schlafzimmer. Im Schrank hing akkurat die Garderobe der Vietnamesin. Ein Schreibtisch enthielt einige Ordner, in denen Traa Kim die behördlichen Dokumente abgeheftet hatte.

Als sie die Treppenstufen zum Speicher nahmen, fragte de Vries: »Chef, was suchen wir überhaupt?«

Der Kommissar öffnete die Speichertür und blieb stehen. »Ich weiß es nicht, Jesko. Vielleicht nur eine Spur von Swantje Mentjes, die uns bestätigen könnte, daß sie hier einst als Frau und Mutter für mehr als zwanzig Jahre die Arbeit verrichtet hat, die heute die zierliche Vietnamesin versieht.«

De Vries fand den Lichtschalter. Der Boden war unaufgeräumt. Überall lagen Pakete herum, die verstaubt aus den Nähten zu platzen schienen. Seitlich stand ein Regal mit leeren Gläsern, wie man sie zum Einkochen von Marmeladen wieder verwenden will; eine Plastikwanne mit Legosteinen; weiteres Kinderspielzeug; abgelegte Schulbücher und abgetragene Schuhe.

Staub wirbelte durch die Luft, als sie begannen, die vielen Pakete in Augenschein zu nehmen.

Sie stießen auf Kartons, die ohne Staub frisch gelagert worden waren. Eine Plastikplane deckte einen Teil davon ab. Der Kommissar entfernte die Abdeckung und öffnete einen Karton.

»Der Baumschmuck«, sagte er trocken. Er wollte sich bereits entfernen, als Jesko de Vries einige weitere Kartons inspizierte.

»Chef, hier, schauen Sie!« rief er und hielt ein hinter Glas gerahmtes Großfoto der schönen Swantje in der Hand.

Der Kommissar blickte für Sekunden auf das Bild, bevor er sich an den uniformierten Polizeibeamten wandte.

»Wachtmeister, wie lange sie Sie verheiratet?«

Der Polizist lächelte irritiert. »Nun, zwanzig Jahre können schon zusammengekommen sein, Herr Kommissar.«

»Würden Sie die Bilder Ihrer Frau auf dem Speicher abladen, wenn sie verstorben wäre?« fragte Ideus und erwartete keine Antwort. Er ging zu Jesko de Vries und sah zu, wie er die Kartons leerte.

Hochzeitsbilder, Kinderbilder, Bilder des Paares ohne Kinder. Alles war zusammengepreßt, verstaut, als hätte Harm Mentjes Abschied genommen von Jahren, die eine bittere Enttäuschung für ihn gewesen waren.

Ein weiterer Karton enthielt Kosmetika, Haarröllchen und Einsteckkämme.

»Der Bauer hat Klarschiff gemacht«, sagte der Wachtmeister.

»Vielleicht hat er auf seine Art mit seiner Swantje abgerechnet?« warf de Vries ein. Er öffnete einen der typischen Supermarktkartons. Er enthielt die elektrischen Baumkerzen und zu seiner Überraschung eine leere Bierflasche.

Blitzschnell fuhr es ihm durch den Kopf, daß Frau Mentjes an vergiftetem Bier gestorben war.

»Jever Pils«, sagte er überrascht.

Der Kommissar fuhr herum.

»Was ist, Jesko?« fragte er.

»Hier im Karton liegt eine leere Bierflasche, Chef«, antwortete de Vries.

»Seltsam, Jesko! Nimm sie mit«, forderte der Kommissar ihn auf.

De Vries bugsierte, unter Zuhilfenahme seines herabgezogenen Pullovers, die leere Flasche in seine Manteltasche.

»Vielleicht ein Andenken zur späteren Genugtuung«, meinte der Kommissar.

»Dafür spricht einiges«, erwiderte de Vries.

Sie verließen den Speicher und gingen nach unten.

Traa Kim stand in der Küche.

»Ist alles gut?« fragte sie und lächelte freundlich.

»Ja«, sagte der Kommissar. Sie verließen das Haus und gingen zum Wagen.

Jong Kim steuerte sein beladenes Gefährt vom Hof.

»Fahren wir zum Revier«, sagte der Kommissar.

»Chef, Ihr Skatbruder hat sich für einen Neuanfang entschieden. Er duldet nichts um sich, was ihn an seine Frau erinnern könnte«, sagte de Vries.

»Bringen wir erst einmal alles hübsch zu Protokoll, Jesko«, sagte der Kommissar. »Morgen werden wir seinem Sohn und Kerstin Etzinga einen Besuch abstatten.«

»Chef, vielleicht sind Sie blind auf einem Auge«, murmelte de Vries.

14

Der Etzinga-Hof lag friedlich in der Morgensonne. Im Vorgarten waren die Sträucher geschnitten und die Beete umgegraben. Seitlich der Stallung standen die Mischmaschine und ein Container für Bauschutt.

Die Mauer war hochgezogen und die Tür frisch gestrichen. Eine Klingel war installiert.

Kerstin Etzinga und Uwe Mentjes verkündete das blinkende Messingschild.

Kommissar Ideus drückte den Klingelknopf. Sie hörten Schritte. Die Tür öffnete sich. Kerstin Etzinga stand vor ihnen im Bademantel. Ihr Gesicht wirkte bleich, ihr Haar war ungekämmt, ihre Lippen blaß. Sie blinzelte in die Sonne.

»Sie sind es«, sagte sie.

»Haben Sie uns erwartet?« fragte der Kommissar.

»Nicht so früh. Wir haben kaum geschlafen«, sagte sie und öffnete ihnen die Tür zum Eintritt.

Sie führte den Besuch durch die ehemalige Milchküche, die zum Teil frisch getäfelt war. Im Wohnzimmer lagen echte Perserteppiche. Sie kamen voll zur Geltung.

»Nehmen Sie Platz«, bat sie. »Ich ziehe mich eben an.«

Uwe erschien. Auch ihm sah man die Spuren einer langen Nacht an. Er hatte geduscht, wie sein nasses Haar verriet.

Er trug Jeans und ein Sweatshirt, das den Aufdruck *Columbia University New York* trug.

»Ich habe gestern abend mit Vater gesprochen«, sagte er. »Sie verdächtigen ihn. Soweit sind wir im Bilde. Kerstin und ich benötigen einen Tee! Ich bereite gern ein paar Tassen mehr zu.«

Der Kommissar nickte zustimmend.

Uwe Mentjes ging in die Küche. Die Beamten setzten sich an den Tisch und warteten.

Nach einigen Minuten kam Kerstin zurück. Sie wirkte in Rock und Bluse sehr attraktiv. Sie hatte ihr Haar zu einem kessen Pferdeschwanz gebunden und sich geschminkt.

»Ich verstehe die Welt nicht mehr«, stöhnte sie, ging in die Küche und brachte das Geschirr. »Uwes Vater ein Mörder! Niemals! Der hat seine Frau geliebt.«

»Fräulein Etzinga, viele Morde geschehen aus Liebe. Das hat uns Shakespeare mit seinem Othello schon zu verstehen gegeben«, antwortete der Kommissar.

»Ich bin fix und fertig und habe mich krankgemeldet«, sagte sie und lehnte sich in den Sessel. Schließlich brachte Uwe den Tee und schenkte ihn ein.

»Herr Mentjes, auf Ihren Vater fällt der Verdacht, am Heiligen Abend Ihre Mutter vergiftet zu haben. Sie und Fräulein Etzinga sind für uns wichtige Zeugen«, sagte der Kommissar.

Uwe schaute unsicher auf.

»Ich kann Ihnen nicht zur Verfügung stehen, wenn Sie einen Zeugen suchen, der zusah, wie Vater das Gift in Mutters Glas füllte«, empörte er sich.

»Vermutlich in eine Bierflasche, Herr Mentjes«, mischte sich Jesko de Vries ein.

»Das mag sein. Wir hatten alle Familienstreitigkeiten friedlich gelöst. Vater hatte den Heiligen Abend zum Ausgangspunkt eines Neuanfangs gewählt«, sagte Uwe.

»Was stimmte denn in der Familie nicht?« erkundigte sich der Kommissar.

»Vater waren die Probleme über den Kopf gewachsen, wie er glaubte. Er suchte die Lösung beim Corvit. Er brachte es schließlich auf mehrere Flaschen am Tage. Er begann Mutter zu quälen, die ihrerseits Abstand von ihm suchte und sich um Bildung in der Volkshochschule bemühte. Sie sang, wie Ihnen bekannt ist, im Kirchenchor und mußte vor Weihnachten zweimal in der Woche zu den Proben. Vater wurde mißgünstig und ausfallend. Er hat sie sogar — gegen ihren Willen mehrmals . . .« Er sprach es nicht aus und blickte zu Boden.

»Gut, Vater und Mutter hatten Probleme. Und Sie und Ihre Schwester?« fragte Jesko de Vries.

»Herr Kommissar, Anja liebt ihren schwarzen Freund Allan Strawberry. Er dient in der Raketenabwehrstation in Dornum.«

Der Kommissar unterbrach ihn.

»Das ist mir zu Genüge bekannt, er kommt aus New York«, stellte er fest und blickte auf den Schriftzug, der Uwes Brust zierte.

Uwe stutzte und zog an seinem Sweatshirt.

»Ja, das hat er mir geschenkt«, sagte er.

»Vielleicht hat er Ihnen auch anderweitig geholfen«, warf de Vries ein.

Uwe reagierte sauer. »Was soll diese Bemerkung?«

»Berichten Sie weiter, Herr Mentjes«, forderte der Kommissar ihn auf.

»Vater titulierte den Freund meiner Schwester einen Nigger und machte Anja das Leben zur Hölle«, sagte er.

»Und Ihre Rolle im Familiendrama?« fragte de Vries.

Uwe holte tief Luft. Er trank hastig seinen Tee, dann fuhr er fort: »Mutter hatte mich aufgefordert, Vater zurechtzuweisen. Ich versuchte ihn zu überreden, das Trinken aufzugeben.«

»Und?« fragte de Vries.

»Es geschah ein Wunder. Vater schaffte es«, sagte Uwe Mentjes.

Die Beamten blickten sich überrascht an.

»Seien Sie uns nicht böse, Herr Mentjes, wir sind von der Kripo. Bei meinem letzten Besuch hat er noch tüchtig zugelangt«, sagte der Kommissar.

»Das ist nicht wahr! Er trank Bier. Bier ist für ihn kein Alkohol«, antwortete er.

Kerstin Etzinga wirkte verärgert. »Am Heiligen Abend waren wir alle da. Uwes Vater hatte selbst Allan Strawberry eingeladen und auch meinen Vater«, sagte sie.

»Es gab Geschenke. Der Tannenbaum erstrahlte, und alles war Friede, Freude, Eierkuchen«, sagte Jesko de Vries ironisch.

Kerstin sah den Kriminalbeamten böse an.

»Ja, es fiel kein böses Wort. Uwes Vater hatte eine reiche Getränkeauswahl bereitgestellt und ein Kaltes Büfett anrichten lassen.«

»Und plötzlich kippte Swantje Mentjes aus den Latschen?« warf Jesko de Vries ein.

»Herr de Vries, die Tote war meine Mutter«, empörte sich Uwe.

»Und dennoch muß nach unserem bisherigen Ermittlungsstand Ihr Vater sie vergiftet haben«, sagte der Kommissar.

»Und wenn ich hundert Jahre alt werde, Herr Kommissar, und selbst wenn Sie Uwes Vater lebenslänglich geben, das hat er nicht getan!« Kerstin begann zu heulen.

»Nach allem, was wir hier erfahren haben, wäre eine umgekehrte dramatische Abfolge logischer gewesen. Nämlich Harm Mentjes, der seine Familie tyrannisierte, als Opfer, das gäbe ein klares Bild«, sagte der Kommissar.

»Fräulein Etzinga, kann Ihr Vater in dem Drama unter

dem Tannenbaum eine wichtige Rolle gespielt haben?« fragte de Vries.

Kerstin starrte den Assistenten böse an.

»Ungeheuerlich!« empörte sie sich. »Welches Interesse sollte mein Vater daran gehabt haben, seine Nachbarin zu töten?«

»Nun, der Kreis der Täter ist beschränkt, die außer Herrn Mentjes Senior in Frage kommen«, sagte Ideus. »Den Bierhändler und den Schlachter können wir wohl außer Betracht lassen. Als Verdächtige bieten sich auch Allan Strawberry und Anja Mentjes an. Hatte Swantje Mentjes den schwarzen Amerikaner beleidigt? Hatte sie ihrer Tochter Anja vielleicht den Umgang mit dem Soldaten verwehrt?«

»Das ist doch alles Unsinn!« rief Uwe empört.

»Langsam, junger Mann«, sagte de Vries kühl. »Oder haben Sie etwa mit Blick auf die Lebensversicherung das Gift in das Bier Ihrer Mutter praktiziert? Oder wollte Ihr Vater sich finanziell verbessern, oder wollten Anja und Allan endlich zu einer angemessenen Wohnung finden?«

»Bullen, die so reden, haben hier nichts zu suchen!« schrie Uwe.

Der Kommissar erhob sich.

»Fräulein Etzinga, auch Ihr Vater kaufte bei der Genossenschaft das Gift E sechshundertfünf forte, an dem Frau Mentjes starb«, sagte er.

»Vater hat die Insekten mit E sechshundertfünf forte vergiftet. Im Stall stören sie die Kühe. Alle Landwirte benutzen es«, antwortete sie böse.

»Ja, auch der Mörder hat es benutzt! Und sogar mit Erfolg. Doch Swantje Mentjes war kein lästiges Insekt, oder?« fragte der Kommissar.

Die Beamten verließen grußlos das umgestaltete Bauernhaus und gingen zum Wagen.

»Fahren wir zum Revier«, sagte der Kommissar. Während der Fahrt schwieg er. Er hing seinen Gedanken nach. Auch de Vries war unzufrieden. Er schaute in die Landschaft. Möwen kreisten über den Feldern.

Idyllisch wirkten die rotgeklinkerten Bauernhäuser. Doch der Schein konnte trügen. Niemand blickte hinter die Fassaden. Noch war ihnen unbekannt, was sich am Heiligen Abend im Lichterschein des Tannenbaumes im Wohnzimmer der Familie Mentjes abgespielt hatte.

»Der Mörder der Swantje Mentjes gehört zu den Teilnehmern der Weihnachtsfeier. Das steht fest«, sagte de Vries.

»Kein Leser unserer Zeitungen hat sich gemeldet. Der Film ›Rebecca‹, den das Fernsehen zur Tatzeit ausgestrahlt hatte, muß der reinste Gassenfeger gewesen sein. Niemand bemerkte zwischen einundzwanzig und zweiundzwanzig Uhr ein Fahrzeug oder eine verdächtige Person in der Nähe des Etzinga-Hofes«, sagte der Kommissar.

Die Beamten saßen in ihrem Dienstzimmer. Sie waren einem telefonischen Hinweis nachgegangen, der sie nicht weitergeführt hatte. Der von einem Zeugen beobachtete Fahrradfahrer war ein harmloser Gymnasiast gewesen, der sich stark alkoholisiert nach dem Besuch einer Geburtstagsfeier um den heimatlichen Kurs bemüht hatte.

»Jesko, wir spielen Blindekuh«, sagte der Kommissar verärgert.

De Vries rauchte eine Zigarette.

»Beide Verbrechen stehen in einem Zusammenhang«, sagte er.

»Sicherlich. Es ist einfach, Harm Mentjes zum Doppelmörder zu stempeln. Beweisen können wir ihm aber nichts«, antwortete der Kommissar und verfaßte eine Aktennotiz.

»Chef, Harm Mentjes hatte seine Familie, die Etzingas und den schwarzen Amerikaner zur Weihnachtsfeier eingeladen. Er hatte das kalte Büfett bestellt. Er hatte eingekauft und Geschenke verteilt. Und Frau Mentjes, Ehefrau und Mutter?« fragte de Vries.

»Swantje hatte sich emanzipiert, Jesko. Die Ehe war nur nach außen in Ordnung.«

»Aber die Familie hatte sich gegen den Vater verschworen, und der besann sich. Er mied den Alkohol. Er wollte seine Swantje zurückerobern. Doch sein Einsatz kam zu spät«, folgerte de Vries.

»Und weiter gedacht: Mentjes sann nach Rache. Er vergiftete Swantje mit E sechshundertfünf forte«, stellte der Kommissar fest.

»Das ist die eine Lesart. Die andere läßt den Verdacht zu, daß er jemanden seiner Familie decken will«, stellte de Vries fest.

»Das kann sein, Jesko. Harm ist ein Schlitzohr! Er schweigt und zieht die Fäden«, sagte der Kommissar. Er stand auf und schritt zum Fenster.

Schneeflocken wirbelten vom Himmel. Sie bedeckten die Äste der Bäume vor dem Postamt. Auf der Straße bildete sich Matsch. Er ging zurück zu seinem Schreibtisch.

»Onno Etzinga drehte der Beate Multhaupt ein Kind an«, sagte Ideus. »Das ist an sich nichts Sensationelles. Doch bezogen auf unseren Fall hat sie ihrem ehemaligen Gefährten Dr. Zander damit sicherlich keine Freude bereitet. Rufe die Bremer Merkur-Bank an und versuche das genaue Datum seines Heimaturlaubes festzustellen, Jesko.«

»Dieser Gedanke ist auch nicht neu, Chef. Eine Version, die uns bisher zu fantastisch vorkam. Mentjes vergiftete seine Frau, und Dr. Zander erschlägt seinen ehemaligen Freund, und beide handelten aus Eifersucht«, meinte de Vries.

»Jesko, bevor wir Harm Mentjes packen können, müssen wir nach allen möglichen Lösungen suchen.«

De Vries griff zum Telefonhörer und ließ sich mit der Bremer Merkur-Bank verbinden.

Der Kommissar rauchte eine Zigarette.

Mentjes, Uwe, Anja, Allan und Kerstin konnten das Gift in das Bier gefüllt haben. Aber wer von ihnen konnte Onno Etzinga ermordet haben?

Ideus schloß die Frauen aus. Es blieben Uwe, Allan und natürlich Harm Mentjes. Und nun wollten sie Dr. Zander in den mutmaßlichen Kreis der Täter aufnehmen.

Ideus hörte, wie sein Assistent den Hörer auf die Gabel legte.

»Chef, das kommt hin! Dr. Zander hielt sich zur Mordzeit in Deutschland auf«, berichtete er.

»Dennoch, Jesko, der Vorwurf gegen diesen Mann scheint mir etwas weit hergeholt«, sagte Ideus und drückte die Kippe aus. »Okay, starten wir einen weiteren Versuch, Mentjes zum Sprechen zu bringen. Wir rühren an seinem Vaterinstinkt.«

»Wie meinen Sie das, Chef?« fragte de Vries.

»Nerven wir Uwe und Anja. Noch ist der Draht zwischen Vater und den Kindern nicht abgerissen«, antwortete der Kommissar und nahm seinen Mantel vom Bügel.

15

Kerstin Etzinga begrüßte die Beamten freundlich und zeigte sich versöhnlich.

»Kommen Sie mit, mein Freund arbeitet an seiner Diplomarbeit, und auch ich faulenze nicht, wie das böse Zungen von Lehrern behaupten«, sagte sie.

Uwe Mentjes unterbrach seine Studien und schob den Taschenrechner beiseite. Auf dem Tisch lagen aufgeschlagene Lehrbücher und Schulhefte.

»Moin«, sagte der Kommissar.

»Wir haben uns bei Ihrem letzten Besuch ein wenig albern verhalten, Herr Kommissar«, sagte Uwe.

»Herr Mentjes, vergessen! Wir bringen neue Probleme mit«, sagte Ideus.

»Einen Tee?« fragte Kerstin Etzinga.

»Nein, danke«, sagte de Vries. »Wir haben in Wigboldsbur im Sielhof unsere Mittagspause gemacht. Wir wollen auch nicht lange um den heißen Brei herumreden. Herr Mentjes Senior ist noch auf freiem Fuß, dennoch gilt er als der Verantwortliche für das, was am Heiligen Abend geschah.«

Uwe Mentjes blickte nervös seine Freundin an.

»Herr Mentjes, wenn Ihr Vater, wie er behauptet, unschuldig ist, dann geraten auch Sie in den Verdacht, Ihre Mutter vergiftet zu haben«, sagte der Kommissar.

»Herr Kommissar, nicht schon wieder!« stöhnte Kerstin.

»Fräulein Etzinga, selbst Sie hatten die Gelegenheit dazu, ja, alle Beteiligten der Weihnachtsfeier können das Gift in das Bier gegeben haben«, meinte de Vries.

Die Lehrerin ging zu Uwe. Sie lachte verächtlich.

»Eine Menge Verdächtiger! Vielleicht war es mein Vater! Er besaß das Gift. Der ist aber ermordet worden, Herr Kommissar! Hängen Sie ihm den Mord an. Er kann nämlich nicht widersprechen.« Ihre Stimme klang gehässig.

»Ich bin Beamter, Fräulein Etzinga. Sie als Lehrerin wissen, daß wir unserer Pflicht nachgehen müssen. Außerdem finde ich den Gedanken nicht einmal so abwegig. Noch vor kurzem haben Sie böse reagiert, als ich diese Richtung wies. Vielleicht hatte Ihr Vater mit Frau Mentjes ein Verhältnis. Er hatte ja schließlich die Reisen nach Bremerhaven eingestellt. Sie wissen nicht, daß Sie einen kleinen Halbbruder besaßen. Aber er war nicht lebensfähig und verstarb. Ihr Vater hat die Mutter großzügig abgefunden. Studieren Sie seine Akten, die Sie uns vorenthalten haben.«

Uwe Mentjes brauste auf, sein Gesicht wurde rot. »Sie sind unverschämt . . .«

Kerstin verschlug es die Stimme. Sie setzte sich und kämpfte mit den Tränen.

Wer deckt nun wen? fragte sich de Vries.

»Herr Mentjes, nach Ihren Aussagen liebte Ihre Mutter das — na ja — das Besondere«, sagte er. »Sie suchte nach Bildung, und die besaß Herr Etzinga. Außerdem sang er im Kirchenchor, am Schluß zweimal die Woche . . .«

Kerstin begann zu heulen.

»Tränen sind genug geflossen, Fräulein Etzinga«, sagte der Kommissar. »Sie helfen Ihnen und uns nicht weiter. Haben Ihr Vater und Frau Mentjes den Landwirt Harm Mentjes hinter seinem Rücken betrogen? Das würde ein Motiv ergeben. Denken Sie bitte nach, wer außer Harm Mentjes noch als Mörder in Frage kommen könnte.«

Der Kommissar und de Vries verließen das Haus und gingen zum Wagen.

»Fahren wir nach Dornum. Wenn wir Glück haben, treffen wir den Amerikaner und Anja Mentjes in ihrem Luxusnest an«, sagte der Kommissar und stieg in das Auto.

Dornum zeigte sich idyllisch, mit dem Schloßturm, der Benninga Burg und dem Waldbestand. Auf den Dächern der Häuser lag Schnee.

Ihr Weg führte sie an der Autohandlung vorbei in die Neubaugegend. Die Eigentumswohnungen bildeten einen architektonisch gelungenen Block mit drei Etagen. Anja hatte das Geld, das ihr aus der Lebensversicherung zugeflossen war, gut angelegt.

Die Beamten stellten ihren Wagen auf dem großzügig angelegten Parkplatz ab und schritten zur Haustür, an der im Klingelkasten ›A. Strawberry und A. Mentjes‹ stand.

Der Kommissar drückte die Klingel.

Als der Türöffner brummte, betraten sie das Haus. Eine Steintreppe führte nach oben. Sie sahen den langaufgeschossenen Schwarzen. Er stand am Geländer und schaute ihnen neugierig entgegen.

»Herr Strawberry?« fragte de Vries.

»Ja«, sagte der Schwarze verwirrt.

»Ist Anja Mentjes zu Hause?« fragte der Kommissar.

Strawberry nickte. Er führte sie durch einen kleinen Flur in das Wohnzimmer. Anja Mentjes hielt Teller in der Hand. Sie deckte den Tisch. Es roch nach Sauerkraut und Bratwürstchen.

Sie schaute die Beamten fragend an.

»Junge Frau, wir kennen uns. Wir haben einige Fragen«, sagte der Kommissar.

Anja Mentjes rückte Stühle zurecht.

»Nehmen Sie Platz«, sagte sie. Ihr Blick war offen. Auch der Schwarze zeigte keine Bestürzung.

»Soll ich einen Tee machen?« fragte sie.

»Danke«, sagte der Kommissar. »Sie wollten gerade essen. Wir fassen uns kurz. Ihr Vater ist in den Verdacht geraten, Ihre Mutter vergiftet zu haben. Er streitet die Tat ab, dennoch bleiben berechtigte Zweifel.«

»Und weil ich in der Drogerie arbeite, gerate ich in die Schußlinie?« fragte sie ganz ruhig.

»Fräulein Mentjes, die Herkunft des Giftes ist Nebensache. Das Gift E sechshundertfünf forte benutzen alle Landwirte, wie wir erfahren haben«, sagte de Vries.

Anja atmete auf.

»Dennoch sind auch Sie und Ihr Verlobter in den Verdacht geraten, das Gift benutzt zu haben«, trug der Kommissar vor.

So, als habe Strawberry nicht alles verstanden, blickte er Anja aufmunternd an.

»Herr Kommissar, Vater hat uns alle tyrannisiert. Mutter ist durch die Hölle gegangen. Ehrlich, ich habe oft mit dem Gedanken gespielt, ihn umzubringen«, sagte Anja. Sie griff nach der Hand ihres Freundes.

»Und nun ist nicht er das Opfer geworden, sondern die Mutter«, sagte de Vries.

»Glauben Sie mir, niemand von uns hätte Mutter etwas Böses zufügen können«, antwortete sie überzeugt.

»Und dennoch starb sie an dem vergifteten Bier«, erwiderte der Kommissar.

»Das kann ich immer noch nicht glauben«, sagte sie.

»Sie alle haben aus dem Tod Ihrer Mutter einen Nutzen gezogen«, sagte der Kommissar. »Ihre Lebensversicherung brachte allen finanzielle Vorteile.«

Anja schaute den Kommissar traurig an.

»Herr Ideus, das reden Sie so dahin. Wissen Sie nicht, was eine Mutter bedeutet? Allan und ich wollen Kinder haben. Meinen Sie wirklich, daß Kontoauszüge eine liebende Großmutter ersetzen können?«

Ideus schwieg. Ein menschliches Argument, dachte er. Ein Anschlag mit Insektengift, um eine eigene Wohnung zu bekommen, blieb dennoch ein Motiv. Hinzu kam, daß es nicht ausgeschlossen war, daß Swantje Mentjes, verwurzelt in Ostfriesland, sich als Großmutter keine schwarzen Enkelkinder gewünscht hatte. »Trauen Sie Ihrer Mutter einen Ehebruch zu?« fragte de Vries.

Anja stand auf und ging in die Küche. Dort schaltete sie die Herdplatten aus. Sie kam zurück und sagte verlegen: »Als Uwe und ich Mutters Hilfe bei den Schularbeiten nicht mehr benötigten, fehlte ihr etwas. Sie suchte nach einem geistigen Ausgleich, während Vater mit dem Trinken begann. Er seinerseits fühlte, wie Mutter ihm langsam entglitt. Es war ein Teufelskreis. Der Nachbar war Witwer. Etzinga war gebildet und vielfach interessiert. Und so kann es gekommen sein.«

»Sie belasten Ihren Vater. Der Amtsrichter wartet darauf, einen Haftbefehl auszustellen«, sagte de Vries.

»Vater muß es nicht gewesen sein«, sagte sie fest.

»Und wer dann?« fragte der Kommissar.

»Ich weiß es nicht!« antwortete Anja.

»Ihr Bruder?« fragte de Vries.

»Warum? Er liebte Mutter — wie ich. Sie hat uns viel gegeben.«

»Etzinga ist tot. Und Kerstin?« fragte Ideus.

»Sie war nur für ihren Vater da. Und warum sollte sie als Lehrerin meine Mutter töten? Nur weil sie möglicherweise ein verbotenes Verhältnis mit ihrem Vater unterhielt?«

»Der Mörder oder die Mörderin feierten mit Ihnen den Heiligen Abend«, sagte Ideus.

Strawberry nickte. »Ja, das ist schrecklich. Herr Mentjes war nett zu mir. Ich bin der einzige echte Freund in der Familie. Es gibt keinen Grund, uns zu verdächtigen.«

»Verstehen Sie uns bitte, Fräulein Mentjes«, sagte Ideus. »Wir müssen auch den Mord an Ihrem Nachbarn Etzinga aufklären. Ihr Vater steht ebenfalls im Verdacht, seinen Nebenbuhler umgebracht zu haben.«

Anja schaute ihn triumphierend an. »Herr Ideus, das kann ich beschwören, daß Vater nicht Onno Etzingas Mörder war.«

»Das ist ja interessant«, sagte de Vries.

»An dem Abend hatte Allan Nachtdienst auf der Raketenabwehrstation. Ich nahm seinen Wagen und fuhr zu Vater. Ich wollte nichts Besonderes, sondern ihm nur guten Tag sagen. Als ich aus dem Wagen stieg, brannten die Lichter. Ich hörte ihn lamentieren. Er grölte und ging durch das Haus. Er hatte sich vollaufen lassen. Sicherlich waren die Ereignisse daran schuld. Ich wollte ihn in diesem Zustand nicht antreffen. Deshalb fuhr ich zurück und sah mir im Fernsehen den Rest des Films ›Rebecca‹ an«, sagte sie.

»Diese Aussage benötigen wir schriftlich, Fräulein Mentjes«, sagte der Kommissar.

»Gern, jederzeit.«

Der Kommissar stand auf.

»Dennoch bleibt Ihr Vater in dem Verdacht, Ihre Mutter vergiftet zu haben«, betonte de Vries.

»Warum nur?« fragte Anja.

»Weil er eifersüchtig war«, antwortete de Vries.

»Beweisen Sie es. Für mich ist Vater unschuldig«, sagte sie und begleitete die Beamten zur Treppe.

16

Der Kommissar stieg in seinen Wagen, schaltete das Radio an und fuhr zum Dienst. Der Wetterfunk kündigte eine Schlechtwetterfront an, die mit ihren Ausläufern die Küste bereits überquerte.

Er sah, wie sich Fußgänger und Fahrradfahrer den Böen entgegenstemmten und nur mühsam vorankamen.

Vor der BMW-Vertretung knatterten die Werbefahnen im Sturmwind.

Der Kommissar parkte vor dem Schloßflügel. Der Himmel war schwarzgrau. Auf den Asphaltsteinen lagen abgerissene Äste.

Er schaute auf die Fenster des Untersuchungsgefängnisses. Noch gab es keinen überführten Mörder, den sie in eine der Zellen einweisen konnten.

Ideus suchte sein Dienstzimmer auf, legte den Mantel ab und holte sich die Akten aus dem Eisenschrank. Er setzte sich an seinen Schreibtisch und blätterte die Seiten durch. Mit den bisherigen Ergebnissen ihrer Recherchen war er nicht sonderlich zufrieden, obwohl schon einiges zutage gekommen war.

Er unterbrach seine Arbeit, als sein Assistent das Dienstzimmer betrat.

De Vries bewohnte in Moorhusen mit seiner Freundin eine kleine Kate im Grünen. Sie arbeitete bei der Stadtverwaltung.

»Moin, Chef, mir kam der Wind von vorne«, sagte er gutgelaunt.

»Und?« fragte der Kommissar und blickte seinen Assistenten an.

»Was heißt hier und?«

»Jesko, du hast doch bestimmt viel nachgedacht, oder?«

»Natürlich, Chef. Da ist die Sache mit dem BHW. Die schieben die Auszahlungstermine in das nächste Jahrtausend hinaus. Wir wollen bauen und heiraten. Das sind die einzigen Abenteuer, die es heute für uns Normalbürger auf der Welt noch gibt.«

»Und nun rauchste Camel?«

»Mal wieder voll daneben, Chef. Ab heute drehe ich nur noch. Meike übernimmt die Kasse«, sagte de Vries grinsend.

»Sei nicht böse, wenn ich mich darüber freue. Doch diese Anja Mentjes — sie ist ja reizend — auch ihren schwarzen Freund finde ich sympathisch; könnte es sein, daß sie uns aus — hm, sagen wir aus Familientreue ablenken wollte?« fragte der Kommissar.

Jesko de Vries setzte sich an seinen Schreibtisch.

»Ich weiß nicht, mir fehlt der Durchblick. Sie ist sicherlich nicht so intelligent wie ihr Bruder«, meinte er.

»Sie lieferte uns handfeste Alibis im Falle Etzinga, Jesko. Ihr Freund hatte Nachtdienst auf der Raketenabwehrstation, und sie selbst hatte den Vater besucht, der dun war.«

»Und ihr Bruder Uwe befand sich in Hamburg«, sagte de Vries.

»Harm war trocken, wenn wir vom Bier einmal absehen. Warum besoff er sich an dem Abend, als sein Nebenbuhler abgemurkst wurde?« fragte Ideus.

De Vries begann ungeschickt, Tabak in das Blättchen zu pressen. Er schaute auf.

»Vor Freude. Verständlich. Ich bin eifersüchtig und wäre in der Lage, jeden umzubringen, der es mit meiner Meike treiben wollte«, sagte er und steckte sich die Selbstgedrehte an.

Ideus lächelte breit, als das leere Papier an der Spitze in einer großen Flamme abbrannte.

»Woher sollte Mentjes denn gewußt haben, daß man seinen Nachbarn an diesem Abend ermorden würde?« fragte er.

Jesko paffte nervös. »Stellen Sie weitere Fragen, Chef«, sagte er verwirrt.

»Vielleicht war er gar nicht zu Hause«, meinte der Kommissar.

»Und wo war er dann, wenn er zu Hause soff und grölte?« stellte de Vries die Gegenfrage.

»Jesko, Mentjes besitzt eine Menge Bauernschläue. Swantje und Etzinga hatten ihn betrogen, sein Vertrauen mißbraucht«, sagte Ideus.

»Aber Mentjes konnte nicht an zwei Orten gleichzeitig sein. Außerdem kann er nicht der kleine oder gebückte Mann sein, den Kerstin Etzinga sah.«

Jeskos Selbstgedrehte hinterließ einen beißenden Geruch. Ideus spielte mit den Seiten der Akten.

»Aber hätte sie nichts gesehen, auf wen würde unser Verdacht konsequenterweise fallen?« fragte de Vries.

»Natürlich auf Mentjes. Aber er hat ein Alibi«, antwortete der Kommissar.

»Chef, es hapert an Indizien«, sagte de Vries.

Ideus schwieg. Wenn, ja wenn — dachte er. Schließlich sagte er: »Mentjes foppt uns!«

»Suchen wir ihn auf, Chef«, sagte de Vries. »Verunsichern wir ihn mit unserem Besuch und fragen ihn selbst nach seinem Alibi.«

»Bei diesem Wetter wird er nicht auf den Feldern sein«, murmelte Ideus. Er griff zum Telefonhörer, bestellte einen Dienstwagen und bat um die Begleitung eines Beamten der Schutzpolizei.

»Steck deine Waffe ein, Jesko. Man kann nie wissen«, sagte er.

Sie verließen das Gebäude und gingen zum Wagenpark.

Der Kommissar steuerte den Wagen über den schmalen Versorgungsweg. Dunkle Wolken trieben über die Höfe. Der Sturm zerrte an den Schilfbüscheln des Wassergrabens. Ideus sah den Fischreiher, der sich mit schweren Flügelschlägen erhob und gegen den Sturm ankämpfte.

»Das reinste Besäufniswetter«, sagte de Vries.

Sie näherten sich dem Hof des Landwirtes Mentjes. Niemand war auf den Feldern und Weiden. Als sie den Hof erreichten, sahen sie, daß der Misthaufen abgetragen war. Die Streuwagen standen gesäubert neben der Scheune.

Sie parkten den Wagen vor dem Stall und gingen zur Seitentür des Wohnhauses. Hinter ihnen erfaßte der Sturm das Scheunentor und schleuderte es krachend gegen die Wand. Sie fuhren herum.

Harm Mentjes stand im blauen Overall vor der Scheune.

»Was gibt es?« rief er.

Sie gingen ihm entgegen.

»Moin, Harm«, sagte Ideus freundlich, aber ohne Anbiederung in der Stimme.

Mentjes griff nach dem Torflügel und zog ihn mit einer Hand gegen den Sturm hinter sich zu. Auf dem Boden lagen Teile einer Grasschneidemaschine. Es roch nach ranzigem Fett und Dieselöl.

Erst jetzt sah der Kommissar den vietnamesischen Gehilfen, der in Jeans und einer verwaschenen Trainingsjacke vor der Maschine auf dem Boden kniete und einen schweren Schraubenschlüssel in den Händen hielt.

Harm Mentjes stampfte hinter ihnen her. Er gab sich friedlich.

»Landwirt zu sein ist nicht nur ein Beruf, sondern auch ein Schicksal. Wir haben die Saat noch nicht draußen, und schon müssen wir an den Frühsommer denken. Milchquotenkürzung, Flächenbeschneidungen, diese scheiß EG-Politik bedroht unsere Höfe wie Pleitegeier«, schimpfte er.

»Von der Milchpolitik der EG verstehe ich wenig, Harm, doch die Flächenreduzierung hast du nicht ernst genommen. Du hast doch Onnos Land dazugekauft«, sagte der Kommissar.

Harm Mentjes sah Ideus mißtrauisch an.

»Wie sollte das Mädchen mit dem Hof fertigwerden?« fragte er.

De Vries nickte. »Ich glaube Ihnen, daß die Landwirte kaum aus den Stiefeln kommen, Herr Mentjes. Ihre Klagen in Richtung Landwirtschaftsministerium mögen berechtigt sein. Wir haben andere Sorgen. Es gilt zwei Morde aufzuklären, mit denen Sie zu tun haben.«

Harm Mentjes schaute den Beamten verärgert an. »Werden Sie nicht wieder unverschämt. Die Sache ist für mich ausgestanden.« Er griff nach einem Stahlsägeblatt, das er mit einem Schleifstein zu bearbeiten begann.

Der Kommissar ging zu dem Vietnamesen.

»Ihnen macht die Arbeit Spaß, Herr Jong Kim?« fragte er freundlich.

Der Vietnamese erhob sich. Er griff nach einem Putzlappen und wischte sich Schmierfett von seinen Händen.

»Kann nicht geben Hand, wie üblich ist«, sagte er höflich lächelnd. »Mein Herz schlagen für Demokratie. Bringen Leistung hier, bekommen Bezahlung. Möchte nicht Almosen.«

Der Kommissar wandte sich an Harm. »Gibt es überhaupt noch deutsche Landgehilfen?«

Mentjes schaute ihn mißmutig an und hob die Schultern.

»Heute will doch niemand mehr einen Zwölfstundentag«, sagte er. »Und Samstag und Sonntag arbeiten und das ohne Sonderzulage? Und dann investiert man hundertfünfzigtausend Mark in einen Mähdrescher für vierzehn Tage Erntezeit. Die Zinsen und dann die Brüsseler Preise. Scheiße ist das.«

»Diese Argumente sind mir von unseren Skatrunden bekannt, Harm«, sagte Ideus. »Ich muß zur Sache kommen.«

Harm Mentjes unterbrach seine Arbeit. Er schaute Ideus böse an.

»Anja verschaffte dir ein Alibi, Harm«, sagte Ideus unvermittelt.

»Bitte nicht schon wieder«, knurrte Harm.

»Nach Anjas Angaben kannst du nicht der Mörder Onno Etzingas gewesen sein. Sie war am Abend hier, als Onno ermordet wurde. Sie hörte, wie du hier zu Hause — verzeih bitte — besoffen herumlamentiert hast.«

Harm Mentjes ließ den Schleifstein fallen. Für Sekunden ballte er seine Hände zu Fäusten.

»Folkert, kein Wort mehr!« drohte er.

»Wenn das dein Ernst ist, Harm, dann beenden wir unser Gespräch und lassen dich vorladen«, sagte Ideus. Er bemerkte, wie der Beamte der Schutzpolizei sich vom Scheunentor abstieß und langsam auf sie zukam. Harm Mentjes stand vor ihnen wie ein Koloß. Er blickte unsicher den uniformierten Polizeibeamten an, der seine Bereitschaft anzeigte, einzugreifen.

Harm Mentjes strich mit seinen fleischigen Händen an seinem Overall entlang.

»Dir sind doch meine Probleme mit dem Alkohol bekannt«, sagte er verlegen.

»Nur in groben Zügen«, antwortete der Kommissar.

Der Vietnamese kroch unter die Schnittmaschine und bearbeitete dort irgendwelche Teile.

»Harm, deine Tochter fuhr nach Dornum zurück. Und zwar ziemlich besorgt, da du doch vor Weihnachten das Trinken aufgegeben hattest«, sagte Ideus.

Harm Mentjes zog seine Stirn in Falten. »Folkert, es gibt Stunden, da ist einem diese schnöde Welt zuwider. Da möchte man abtauchen. Ich gehöre nicht zu den Typen, die den Mut haben, sich mit einem Strick in der Scheune zu erhängen. Du hast zu sorgen für alle, du tust, was du kannst, und dennoch achtet dich keiner, du bleibst das Arschloch der Familie. Ich bin umgefallen für ein paar Stunden, habe den Schnaps in mich hineingegossen und mit denen lamentiert, die nicht zu Hause waren.«

»Und zu den Gründen, zur Buddel zu greifen, gehörte auch der zurückliegende Ehebruch deiner Frau?« fragte Ideus.

Harm Mentjes stutzte. Er kniff seine Augen zusammen und schaute Ideus wütend an.

Dann zischte er: »Du Schnüffler, so einfach ist das also für dich!« Er hob seine Arme, doch er ließ sie sogleich wieder sinken.

»Ein glasklares Motiv, die untreue Frau umzubringen«, sagte de Vries.

»Sie Scheißer! Ziehen Sie erst mal Kinder groß«, empörte Mentjes sich. Wie ein tapsiger Bär stand er hilflos vor ihnen.

»Die Beleidigung müßte ich Ihnen eigentlich krumm

nehmen, Herr Mentjes«, sagte de Vries. »Doch mir geht es um die Sache. Wenn Sie den Giftanschlag auf Ihre Frau nicht unternommen haben, wer war es dann?«

»Das herauszufinden ist nicht meine Aufgabe, sondern Ihre«, sagte Mentjes schnippisch.

»Und dein Sohn Uwe, der Student der Teilchenphysik?« fragte Ideus.

»Du kotzt mich an, Folkert. Du hast doch selbst einen Sohn. Du weißt doch, was ihm die Mutter bedeutet!«

De Vries sah, wie Schweißperlen in Mentjes angegrauten Bart rannen.

»Harm, mein Sohn ist noch sehr jung, und ich wäre stolz auf ihn, wenn er später die Erfolge aufweisen könnte, die Uwe vorzeigen kann«, sagte Ideus. »Doch warum kapseln sich alle von dir ab?«

Mentjes wischte sich den Schweiß von der Stirn. Er blickte hilflos um sich.

»Uwe ist unschuldig, Folkert. Auch Anja und ihr Freund Allan Strawberry sind unschuldig. Für alle bleibe ich verdächtig — wie für dich —, aber auch ich bin unschuldig.«

»Hat Ihre Frau vielleicht einen Selbstmord unternommen, angesichts der angespannten Situation?« fragte de Vries. »Sie stand schließlich zwischen Ihnen und Onno Etzinga.«

Harm Mentjes verzog das Gesicht. Angewidert sagte er: »Sie war so egoistisch, so von sich überzeugt, daß sie eher mir das Gift in das Glas geschüttet hätte, um mich loszuwerden, Herr Klugscheißer.«

»Nun, das hat sie nicht getan, denn Sie leben noch und sind verdächtig, sie ermordet zu haben«, sagte de Vries.

»Und auch Onno ist tot«, bemerkte der Kommissar.

»Ja, das ist nun einmal so«, sagte Harm und deutete an,

daß er keine weitere Lust verspürte, die Fragen der Beamten zu beantworten.

»Onno war unser Skatbruder, Harm«, sagte Ideus. »Du hattest zu ihm einen guten Kontakt. Kannst du mir zu einem Motiv verhelfen, das sein Mörder gehabt haben könnte?«

Harm Mentjes bückte sich nach dem Wetzstein und begann die Ecken des Stahlsägeblattes zu bearbeiten.

Der Wind heulte um das Gebäude. Der Vietnamese bearbeitete vernehmbar irgendwelche Teile der Schnittmaschine mit einem Hammer.

»Swantje und mich verbanden mehr als fünfundzwanzig Jahre«, sagte Mentjes leise. »Unser Hof forderte uns, und die Kinder kamen nie zu kurz. Mich hat es hart getroffen, als sie anfing, das alles zu vergessen, und Etzinga auf der Bühne erschien. Sollten meine Kinder davon wissen, dann konnten sie das nicht billigen. Ich hoffte damals, daß Swantje zu mir und den Pflichten zurückfinden würde. Ich habe sie geliebt und nicht umgebracht.« Er kämpfte um seine Fassung.

»Ihren Standpunkt kennen wir zur Genüge, Herr Mentjes«, sagte de Vries. »Nennen Sie uns einen Grund, weshalb jemand anderer Onno Etzinga ermorden sollte.«

»Er besaß einen miesen Charakter«, antwortete Mentjes angewidert.

»Harm, du bleibst verdächtig«, sagte der Kommissar.

»Euch fehlen die Beweise, Folkert.«

»Du bist ein Querkopf«, schimpfte der Kommissar.

Sie verließen die Scheune.

»Jesko, wir fahren zurück zum Revier«, sagte der Kommissar.

17

Gegen zehn Uhr erschien Dr. Duinmann im Dienstzimmer der Kripobeamten.

De Vries half ihm aus seinem Wintermantel.

»Dieser Regen«, stöhnte Duinmann, als mache er ihn für alle seine beruflichen Schwierigkeiten verantwortlich. Er setzte sich zu Ideus an den Schreibtisch.

»Wir haben gestern Harm Mentjes aufgesucht . . .« sagte der Kommissar.

»Es ist an der Zeit, eine kleine Zwischenbilanz zu ziehen«, unterbrach Duinmann ihn. »Also listen wir auf: Mentjes besaß das Gift E sechshundertfünf forte — wie fast alle Landwirte. Der Fußabdruck im Kuhfladen entspricht seiner Schuhgröße. Selbstverständlich fanden Sie bei ihm keine Wanderschuhe vor. Die Bierflasche enthielt sowohl die Fingerabdrücke seiner verstorbenen Frau als auch seine eigenen. In ihr befanden sich Giftrückstände.«

»Herr Staatsanwalt, warum verwahrte Mentjes die Bierflasche auf dem Speicher zwischen den abgelegten Sachen seiner Frau auf?« fragte de Vries. »Er hätte sie einfach wegwerfen können.«

»Was sagt Herr Mentjes selbst dazu?« fragte der Staatsanwalt.

»Diese Frage haben wir ihm noch nicht gestellt«, antwortete der Kommissar.

»Und warum nicht?« fragte Dr. Duinmann vorwurfsvoll.

»Die Bierflasche gehört zwar zu den wenigen Trümpfen, die wir haben«, sagte Ideus, »allerdings beweisen seine Fingerabdrücke darauf nichts. Schließlich kann er sich darauf berufen, daß er sie auf den Tisch gestellt hat.

Das Gift kann schon vorher drin gewesen sein. Aber wir werden ihn später fragen.«

»Wie steht es um sein Alibi? Wo war Mentjes, als Etzinga ermordet wurde?« fragte Dr. Duinmann.

»Nach der Aussage seiner Tochter Anja befand er sich zur Tatzeit betrunken und randalierend in seiner Wohnung«, antwortete de Vries.

»Und diese Version ist glaubwürdig?« fragte Dr. Duinmann.

»Davon können wir ausgehen. Tochter Anja hat das Protokoll unterschrieben«, antwortete der Kommissar.

»Wie wir wissen, war Etzinga nicht der Gentleman, für den er sich ausgab. Er war ein Windhund«, stellte der Staatsanwalt fest.

»Es gibt da noch eine andere Geschichte. Etzinga hat einen Freund nicht nur schwer enttäuscht, sondern ihn auch mit seiner Freundin betrogen. Es handelt sich um einen Bankmanager. Hier, Herr Staatsanwalt, verschaffen Sie sich einen Überblick.« Ideus reichte Dr. Duinmann die Akte.

Der Staatsanwalt vertiefte sich in die Protokolle.

Der Sturm warf den Regen gegen das Fenster. De Vries drehte sich eine Zigarette.

»Unser Ersatzmörder«, sagte er spaßig.

Der Staatsanwalt überhörte die Bemerkung. Nach einer Weile legte er die Akte ab und lehnte sich zurück.

»Es wäre schon von Interesse, Dr. Zander als Zeugen zu hören«, sagte der Kommissar.

»Das ließe sich einrichten. Sie besitzen ein Foto des Bankmanagers?«

»Ja, es zeigt ihn in vertrauter Einigkeit mit seiner damaligen Lebensgefährtin und Onno Etzinga in Bremerhaven«, antwortete der Kommissar.

»Und Frau Multhaupt gebar Etzinga einen Sohn. Der gehörnte Banker war unwissend und wollte seine Freundin nach New York holen. Verworrene Verhältnisse«, murmelte der Staatsanwalt.

»Dr. Zander hielt sich zur besagten Zeit dienstlich in Bremen auf. Wenn er in den Fall verwickelt sein sollte, was ich für etwas weit hergeholt halte, dann muß er sich logischerweise zur Tatzeit hier in Aurich aufgehalten haben«, sagte der Kommissar.

»Und Sie denken an entsprechende Recherchen?« fragte der Staatsanwalt.

»Wir wollen nichts unversucht lassen, bevor wir Harm Mentjes endgültig verhaften«, antwortete der Kommissar.

»Vielleicht reden Sie vorher noch einmal mit Frau Multhaupt. Fragen Sie sie, ob sie Dr. Zander getroffen hat.«

Der Staatsanwalt ließ sich von de Vries in den Mantel helfen.

»Dieses Mistwetter!« schimpfte er und verließ das Dienstzimmer.

Die Beamten erreichten kurz vor siebzehn Uhr die Klipperstraße in Oldenburg. Sie blieben im Wagen sitzen und warteten in der Nähe des Reihenhauses mit der Nummer 22a. Schon wenige Minuten später hielt ein Mercedes vor dem Haus, aus dem Frau Multhaupt stieg.

Der Fahrer, ein eleganter Mann mitte der Dreißig, begleitete sie in das Haus. Er trug einen kleinen Aktenkoffer.

»Der sieht aus wie ein Makler«, stellte de Vries fest.

»Wir haben Zeit, Jesko«, antwortete der Kommissar.

»Hm, Chef, wir benehmen uns ziemlich hysterisch.

Weil wir Mentjes nicht packen können, suchen wir nach einem Ersatzmörder«, sagte de Vries.

Ihre Geduld wurde auf eine harte Probe gestellt. Erst nach einer halben Stunde trat Frau Multhaupt mit ihrem Besucher vor die Tür und verabschiedete den Gast, der zufrieden in seinen Mercedes stieg und davonfuhr.

Die Kripobeamten verließen ihren Wagen und gingen zur Haustür. Der Kommissar klingelte. Frau Multhaupt öffnete die Tür. Sie bemühte sich, ihre Überraschung zu verbergen, und lächelte gequält.

»Sie?« fragte sie freundlich.

»Wir haben ein paar Routinefragen, Frau Multhaupt«, sagte Ideus und betrat bereits den Flur.

Die Alte erschien. Sie schaute die Beamten mit leeren Augen an.

»Mutter, geh bitte. Die Herren möchten zu mir«, sagte Frau Multhaupt. Sie nickte Ideus und de Vries zu. »Kommen Sie mit.« Sie führte die Besucher in das Wohnzimmer.

Auf dem Tisch befanden sich Akten, die sie hastig zusammenraffte und auf den Schrank legte.

De Vries beobachtete, wie sie ein gerahmtes Stehfoto hinter eine Blumenvase legte.

»Nehmen Sie Platz«, sagte sie. Sie wirkte nervös und fahrig.

»Frau Multhaupt, Ihr ehemaliger Gefährte Dr. Zander hat im Februar seinen Urlaub in Deutschland verbracht. Er hat Sie aufgesucht. Können Sie uns sagen, in welchem Hotel er gewohnt hat?« fragte der Kommissar.

Frau Multhaupt wurde sichtlich nervös.

»Irgendwo, vielleicht in Bremen. Ich habe ihn nicht gefragt«, antwortete sie schnippisch.

»Es ist nicht sonderlich wichtig, dennoch glauben wir

zu wissen, daß er zumindest einige Tage hier bei Ihnen gewohnt hat«, sagte der Kommissar.

Der Chef ist ein Schlitzohr, dachte de Vries und beobachtete Frau Multhaupt, die verlegen auf den Tisch blickte.

»Wir haben schließlich vorher lange zusammengelebt«, antwortete sie.

»Sie haben sich wieder vertragen?« fragte de Vries.

»Was geht Sie das an?« fragte sie böse.

»Frau Multhaupt, irgendwann und irgendwo hat Ihr Lebensgefährte Onno Etzinga einen Menschen zutiefst enttäuscht. Diesen suchen wir«, sagte der Kommissar.

»Und was hat das mit mir zu tun?« Sie war bemüht, ihre Ruhe nicht zu verlieren.

»Onno Etzinga und Herr Dr. Zander verband eine Freundschaft. Vielleicht kennt er den Mörder«, sagte de Vries.

»Fragen Sie Dr. Zander selbst«, sagte sie und stand auf.

Die Beamten erhoben sich ebenfalls. De Vries näherte sich unbemerkt dem Schrank und blickte auf das Foto. Es zeigte Dr. Zander.

»Frau Multhaupt, wir werden ihn als Zeugen befragen«, sagte der Kommissar.

Die Sparkassenangestellte begleitete sie zur Tür. »Ich muß mich um meine Mutter kümmern. Sie ist verkalkt. Sie redet wirr und ist unberechenbar.«

»Entschuldigen Sie, ich möchte Ihnen eine Frage stellen, die Sie hoffentlich nicht zu sehr verletzt«, sagte der Kommissar.

»Bitte«, antwortete sie äußerst mißtrauisch.

»Lehnte Onno Etzinga Ihren gemeinsamen Sohn ab, weil er — behindert war?« fragte der Kommissar.

Beate Multhaupt schaute Ideus haßverzerrt an.

»Gehen Sie! Ich habe genug gelitten!« stieß sie heftig hervor. Sie begann zu heulen, lief zurück zur Couch und ließ sich darauf fallen.

Die Beamten verließen das Haus und gingen zu ihrem Wagen.

Ideus fuhr an diesem Morgen etwas später als üblich zum Dienst. Seine Frau hatte Geburtstag, und sie hatten gemeinsam mit dem Sohn gefrühstückt.

Als er das Dienstzimmer betrat, saß de Vries bereits an seinem Schreibtisch.

»Moin«, sagte der Kommissar und hängte seinen Mantel an die Garderobe.

»Heute spielt Werder Bremen gegen Spartak Moskau, Chef«, sagte de Vries. »Mein Nachbar schenkte mir seine Karte. Er leidet an einer Grippe.«

»Jesko, meine Frau ist heute fünfzig geworden.«

»Und unsere Überstunden?« fragte de Vries.

»Wenn unsere Arbeit es zuläßt — nur dann, Jesko«, antwortete der Kommissar.

»Ich habe bereits mit dem Leiter der Oldenburger Stadtsparkasse telefoniert, Chef. Frau Multhaupt hat gekündigt.« De Vries schaute den Kommissar triumphierend an.

»Gekündigt?« fragte der Kommissar ungläubig und setzte sich an seinen Schreibtisch. »Wo jeder froh ist, wenn er einen Arbeitsplatz hat?«

»Sie hat auch ihr Haus dem Immobiliendienst der Stadtsparkasse anvertraut und zusätzlich einen freien Makler mit dem Verkauf beauftragt«, antwortete de Vries.

»Eine kluge Entscheidung für eine Frau, die so enttäuscht worden ist«, meinte der Kommissar.

»Dann hat Dr. Zander ihr den Seitensprung verziehen, Chef«, sagte de Vries.

»Jesko, ich gönne Frau Multhaupt in New York das ersehnte Happy-End. Aber warum hat sie uns das gestern nicht mitgeteilt? Sie hat doch nichts zu befürchten?«

»Dieser Dr. Zander in der Rolle des Rächers? Ich weiß nicht«, antwortete de Vries.

»Wir sollten ihn dennoch als Zeugen hören, Jesko. Wir müssen jeder Spur nachgehen, die Harm Mentjes als Mörder Etzingas entlasten kann.«

»Und wie sehen Sie die Chancen, daß Dr. Zander sich in Aurich aufhielt, als Etzinga ermordet wurde?«

»Wie die von Werder Bremen, heute zu gewinnen«, lachte der Kommissar.

»Gehen wir davon aus, daß er bei Frau Multhaupt gewohnt hat, dann können wir das Übernachtungsgewerbe für unsere Befragungen ausklammern. Vielleicht trank er irgendwo einen Kaffee, stärkte sich in einer Gaststätte oder trank sich Mut in einer Pinte an!«

»Ich bezweifle selbst, daß wir Erfolg haben werden, Jesko. Doch was soll's, wir beginnen in der Innenstadt«, schlug der Kommissar vor.

Es war ermüdend.

Sie zeigten den Wirten und dem Bedienungspersonal das Foto des einstmals befreundeten Trios, hielten die Polizeimarken in der Hand und kamen sich vor wie Vertreter. Erschwerend kam hinzu, daß, falls Dr. Zander sich in Aurich aufgehalten haben sollte, mittlerweile sehr viel Zeit verstrichen war.

Erst der Besuch der Araltankstelle brachte eine überraschende Wende. Der Tankwart erkannte den Mann auf dem Foto und erinnerte sich an einen Vorfall.

»Wenn der Typ einen Mercedes gefahren hat, dann war er es. Ich sah, wie er den Schlauch für Benzin in der Hand hielt und einen Diesel fuhr. Ich bin zu ihm hin und habe ihm den Zapfhahn aus den Händen gerissen«, sagte der junge Mann stolz.

»Sie sind sich der Sache sicher?« fragte Ideus.

»Ja, Herr Kommissar. Er gab mir ein Trinkgeld«, antwortete der Tankwart und schaute auf das Bild.

»Und Sie sind bereit, das zu Protokoll zu geben und zu unterschreiben?« fragte de Vries.

»Jederzeit«, antwortete der junge Mann und rieb sich seine ölverschmierten Hände am Overall ab.

»Danke«, sagte der Kommissar.

Sie verließen die Tankstelle.

»Was wollte der Bankmanager in Aurich? Hat er Onno umgebracht?« fragte de Vries.

»Wir müssen ihn selbst befragen«, sagte Ideus.

Sie hatten einen Zeugen.

Sie fuhren zum Revier, um sich mit dem Staatsanwalt zu besprechen.

Dr. Duinmann empfing die Beamten unwirsch. Er machte keinen Hehl daraus, daß ihm der Fall zuwider war. Zusätzlich vermißte er eine klare Linie bei den Ermittlungsarbeiten. Dieses lange Hin und Her ging ihm an die Nerven.

»Es steht also fest, daß Dr. Zander sich zur Tatzeit hier in Aurich aufgehalten hat. Wissen Sie, ich habe das Gefühl, Sie jagen irgendeinem Phantom hinterher, nur weil Sie Ihren Skatbruder nicht hinter Gitter bringen wollen, Herr Kommissar.«

Duinmann saß an seinem Schreibtisch und zeichnete nervös Kringel auf einen Block.

»Herr Staatsanwalt, reichen Sie den eingefrorenen Haftbefehl an uns weiter. Wir nehmen dann Harm Mentjes fest. Lasten Sie ihm die Morde an! Dennoch fühle ich mich verpflichtet, jeder Spur nachzugehen, die auch nur die geringste Chance bietet, ihn zu entlasten«, sagte Ideus verärgert.

»Nicht so hitzig! Aber Sie werden doch zugeben müssen, daß wir uns seit Monaten höflich um notwendige Konsequenzen drücken. Dem Untersuchungsrichter und auch mir geht die Geduld aus«, schimpfte Dr. Duinmann.

»Dr. Zander besaß ein Motiv, das ich keineswegs überbewerten möchte«, sagte de Vries. »Wenn er Onno Etzinga nicht umgebracht hat, dann ist er für uns immerhin noch ein wichtiger Zeuge.«

»Und Sie erwarten von mir, daß ich ihn bitte, uns in der Mordsache Etzinga als Zeuge aufzusuchen?« fragte Dr. Duinmann und grinste.

»Ja«, antwortete der Kommissar.

»Und was ist, wenn Dr. Zander sich erfreut ein Ticket kauft und eine Vergnügungsreise antritt?« fragte Dr. Duinmann.

»Er wird zumindest reagieren und sich um eine Stellungnahme bemühen«, antwortete der Kommissar.

Dr. Duinmann schwieg für Sekunden und blickte auf sein Gekritzel. Dann hob er den Kopf.

»Ich lasse mich von Ihnen zu diesem Schritt verleiten und nehme einen weiteren Zeitverlust in Kauf«, sagte er mürrisch. »Das soll aber die letzte Schonfrist für den mutmaßlichen Mörder Etzingas sein!« Er stand auf und nickte müde.

Die Beamten verließen sein Amtszimmer und gingen durch den Park zum Revier.

Harm Mentjes, von dem seine Kollegen sagten, daß er nicht nur tüchtig und wohlhabend, sondern auch unkollegial sei, hatte seinerseits seine Nachbarn nie um einen Dienst gebeten, allerdings seinen Kollegen auch nie einen Dienst erwiesen. Seine Landmaschinen blieben in der Scheune, wenn er seine Ernte eingefahren hatte. Die Notrufe der kleinen Landwirte überhörte er, wenn das Wetter ihre Ernte in Gefahr brachte.

Ihn ließ auch der Tratsch kalt, der an Wirtshaustischen und auf Bauernversammlungen sein Verhältnis mit seiner vietnamesischen Braut zum Inhalt hatte.

Viele sahen in ihm den Mörder des Kollegen Etzinga, und nicht wenige stempelten ihn mit vollen Bierkrügen in der Hand an den Stammtischen sogar zum Doppelmörder ab.

Sie rügten das Verhalten der Polizei und nahmen selbst Kommissar Ideus unter Beschuß, weil, so vermuteten sie naiv, er als Freund seine schützende Hand über ihn hielt.

Dabei verhielt Harm Mentjes sich selbst für den Kommissar und dessen Assistenten rätselhaft. Er arbeitete mit seinen Gehilfen an den Wochentagen bis in die Dunkelheit auf den Feldern. An den Samstagen schritt er mit Traa Kim Hand in Hand über den Wochenmarkt und besuchte anschließend mit ihr das Hallenbad.

Der Kommissar hatte von seinem Freund Wert Koller einen Hinweis bekommen. Er und sein Assistent waren daraufhin zum Friedhof gefahren.

An einem Sonntagnachmittag standen sie versteckt hinter Lebensbäumen und knospenden Rhododendronsträuchern und beobachteten Harm und seine Gehilfin, die Swantjes Grab wie Gärtner bearbeiteten und es mit frischen Blumen schmückten.

Bereits wenige Tage später setzte die Firma Stiller einen

behauenen Stein auf das Grab, der Swantjes Geburtstag und Sterbetag in Goldschrift auswies.

Konnten sie bald sein Geständnis erwarten? Oder zog Harm Mentjes, der schlitzohrige Landwirt, eine Schau ab?

18

Der Staatsanwalt betrat das Dienstzimmer der Kripobeamten. Er schaute auf die Uhr.

»Dr. Zander ist mit der planmäßigen Lufthansa-Maschine geflogen«, sagte er. »Wachtmeister Gerdsen und sein Kollege holen ihn in Hamburg ab. Ich habe im Forsthaus ein Zimmer bestellt und den kleinen Konferenzraum für uns reservieren lassen.«

Folkert Ideus fühlte eine aufsteigende Nervosität. Es war schon sonderbar, daß Dr. Zander ohne wesentliche Stellungnahme und ohne Schützenhilfe eines Anwaltes ihrem Anliegen sofort nachgekommen war. Fühlte er sich so sicher?

»Was haben Sie mit dem Tankwart vereinbart?« fragte Dr. Duinmann.

»Er wird in seiner Arbeitsmontur an einem Wagen arbeiten, wenn die Kollegen auf den Parkplatz fahren«, antwortete de Vries. Er drehte eine Zigarette und steckte sie an. »Wer ist es denn nun, Chef? Dr. Zander oder Harm Mentjes?«

»Dr. Zander besitzt entweder eine reine Weste, oder er spielt den Naiven«, sagte Ideus.

»Fahren wir«, ordnete Dr. Duinmann an.

Sie gingen zu dem bereitgestellten Dienstwagen und stiegen ein. Ideus setzte sich ans Steuer.

Sie verließen die Innenstadt und nahmen den Weg am Eikebusch entlang direkt zum Forsthaus.

Ein Frühjahrssturm fegte über den Wald. Ideus sah die hochgestellte Motorhaube und den Tankwart, der gebückt vor dem Fahrzeug stand. Der Wind spielte mit seiner blonden Mähne.

Sie warteten im Wagen.

Nach etwa zwanzig Minuten fuhr der neutral lackierte Passat vor.

Sie verließen ihren Wagen und schritten dem Gast entgegen.

Dr. Zander, im blauen Trenchcoat, gehörte zu den sportlichen Vertretern der Manageretage. Sein Haar war zu einer Stoppelfrisur gestutzt. Sein Gesicht verriet Energie und Durchsetzungsvermögen.

Ideus fühlte seinen kalten abschätzenden Blick, als der Staatsanwalt ihn dem Gast vorstellte. Er schaute zum Tankwart hinüber. Der junge Mann nickte.

Nach der Begrüßung führte Dr. Duinmann sie in das kleine Konferenzzimmer des Forsthauses. Der Raum war getäfelt und wirkte kühl. Die Tische bildeten ein Viereck. Sie waren gedeckt, und frische Blumen sorgten für eine private Atmosphäre. Ein Kellner stand bereit und nahm die Mäntel an.

Der Gast lächelte freundlich, als sie sich an die Tische setzten.

Dr. Duinmann nahm das Wort.

»Herr Dr. Zander, wir heißen Sie herzlich willkommen und bedanken uns, daß Sie die Strapazen auf sich genommen haben, um uns hier als Zeuge zur Verfügung zu stehen«, sagte er.

»Der Kursverfall an der Börse und die Dollarschwäche erforderten den Besuch bei meiner Bankzentrale«, antwortete Dr. Zander.

Der Kommissar schaute mißtrauisch de Vries an. Was soll das Theater? fragte sein Blick.

Der Kellner betrat das Zimmer. Er brachte Teekännchen und Stövchen und stellte sie auf die Tische. Danach reichte er Butterkuchen an. Sie bedienten sich.

»Herr Dr. Zander, Sie hatten mit Ihrer Lebensgefährtin Frau Multhaupt in Bremerhaven eine Wohnung von Herrn Onno Etzinga gemietet«, begann Ideus das Gespräch.

Dr. Zander nickte.

»Herr Kommissar, folgen Sie bitte meiner Darstellung. Sie können sofort einschreiten, wenn sie von dem abweicht, was meine ehemalige Freundin ausgesagt hat. Nun, ich bekam einen Posten in New York und wollte nach der Einarbeitungsphase Frau Multhaupt zu mir in die Staaten holen. Sie können sich vorstellen, wie enttäuscht ich war, als ich erfuhr, daß mein Freund Onno Etzinga sie geschwängert hatte. Ein Melodrama? Keineswegs, nach heutigen moralischen Vorstellungen eher ein alltägliches Ereignis. Ich brach die Beziehung ab. Meine neue Position erforderte von mir den vollen Einsatz. Im Stadtteil Queens erwarb ich einen Bungalow auf Mietkaufbasis.« Er brach ab und machte sich hungrig über den Butterkuchen her.

»Und Ihr Aufenthalt hier in Norddeutschland im Februar? Trug er privaten oder dienstlichen Charakter?« fragte de Vries.

Dr. Zander trank einen Schluck Tee. Er lächelte smart. Ganz der Manager, dachte der Kommissar.

»Sowohl als auch«, antwortete Dr. Zander. »Ich habe in New York einen Antrag auf Naturalisierung gestellt und benötigte einige behördliche Unterlagen.«

»Ist das nicht etwas früh?« fragte der Kommissar.

»Nicht für mich. Ich habe einige Semester drüben studiert«, antwortete Dr. Zander.

Dr. Duinmann hörte zu. So, als ginge ihn das alles nichts an, aß er ein zweites Stück Butterkuchen.

»In dieser Angelegenheit besuchten Sie auch Aurich?« fragte der Kommissar. Er beobachtete, wie Dr. Zander für Sekunden seinen Blick senkte. Er strich sich mit Daumen und Zeigefinger über seinen Oberlippenbart.

»Ach, was sollte ich in Aurich?« fragte er und lächelte arrogant.

»Vielleicht wollten Sie Ihrem ehemaligen Freund Onno Etzinga guten Tag sagen«, antwortete Dr. Duinmann und schob den Kuchenteller von sich.

»Ich sagte Ihnen doch, daß ich . . .« Dr. Zander zögerte.

»Waren Sie in Aurich?« unterbrach ihn der Kommissar.

Der Kellner brachte frischen Tee. Dr. Zander schwieg und bediente sich. Als der Kellner die Tür hinter sich zugezogen hatte, forderte Dr. Duinmann den Gast auf: »Nun heraus mit der Sprache, Herr Dr. Zander.«

Der Bankmanager im dunkelblauen Dienstanzug der Wallstreetangestellten gab sich einen Ruck.

»Haben Sie Zeugen?« fragte er in seiner lässigen Art.

»Sie sind uns die Antwort schuldig geblieben«, sagte der Kommissar.

»Nun gut! Ich war in Aurich zur besagten Zeit. Ich wollte Onno an ein Versprechen erinnern«, antwortete er.

»Und dazu benötigten Sie eine Axt«, sagte der Staatsanwalt.

»Entschuldigen Sie, Äxte gehören nicht zu dem Werkzeug, mit dem ich umzugehen gelernt habe«, sagte Dr. Zander und schaute die Beamten geringschätzig an.

»Sie mieteten in Bremen oder Bremerhaven einen Mercedes-Diesel. Sie fuhren nach Aurich. Dort bespitzelten Sie Ihren früheren Freund Onno Etzinga«, sagte de Vries.

Dr. Zander straffte den Oberkörper, zupfte an der Krawatte und lächelte.

»Wenn Sie so gut im Bilde sind, dann erfahren Sie von mir den Rest: Onno Etzinga hat mir damals unter die Arme gegriffen. Die vermögensrechtlichen Auseinandersetzungen nach meiner Scheidung brachten mich in einen finanziellen Engpaß. Wir Banker dürfen keine Schulden machen. Die Position in New York stand für mich auf dem Spiel. Ich verpfändete einen echten Chagall aus dem Besitz meiner verstorbenen Mutter. In den Staaten besitzt das Bild heute einen zehnfachen Wert.« Dr. Zander war bemüht, gefaßt zu bleiben.

»Bei Ihrem Versuch, Herr Dr. Zander, das Bild zurückzubekommen, schlichen Sie in der abendlichen Dunkelheit um das Stallgebäude des ehemaligen Freundes?« fragte der Kommissar.

Der Manager, so in die Enge getrieben, reagierte böse.

»Herr Kommissar, Sie lassen mich ja nicht einmal ausreden«, empörte er sich.

»Geht es noch ohne den Ruf nach Ihrem Anwalt?« fragte de Vries.

»Ja, noch und auch in Zukunft. Am besagten Abend beabsichtigte ich, wie bereits gesagt, Etzinga aufzusuchen. Ich verfuhr mich mehrmals und fand den Hof nicht. Die aufkommende Dunkelheit und die unbeleuchteten Nebenstraßen veranlaßten mich, die Suche schließlich aufzugeben. Ich entschloß mich, hier im Hotel Forsthaus zu übernachten und am Morgen mit Onno zu sprechen.«

»Und haben Sie Kerstin Etzinga am Morgen einen Beileidsbesuch abgestattet?« fragte der Kommissar.

»Es wäre beinahe dazu gekommen. Ich ließ mir von der Hotelangestellten nach dem Frühstück auf dem Stadtplan den Weg zeigen. Dabei erfuhr ich von dem grausamen Mord.«

»Daraufhin verließen Sie Aurich?« fragte der Staatsanwalt.

»So verhielt es sich«, antwortete der Manager.

»Und Ihr Chagall?« fragte de Vries.

»Den schrieb ich ab. Das Geschäft zwischen Etzinga und mir basierte auf Vertrauen. Es gibt keinen Vertrag«, antwortete Dr. Zander und hob bedauernd die Schultern.

»Wir werden Ihre Aussage überprüfen«, sagte der Staatsanwalt.

»Ich stehe Ihnen zur Verfügung. Die momentane Dollarschwäche und der Crash an den Börsen beschäftigen mich noch für gut eine Woche bei meiner Bank.«

»Gibt es auch private Gründe für Ihren Deutschlandaufenthalt?« fragte de Vries.

»Ich glaube nicht, daß Sie das etwas angeht«, sagte Dr. Zander.

»Herr Dr. Zander, das Protokollarische erledigen wir dann bei mir im Büro«, sagte der Staatsanwalt.

Das Verhör war damit beendet. War es überhaupt ein Verhör gewesen? fragte sich der Kommissar.

Der Staatsanwalt rief die Bedienung, um zu zahlen. Der Kommissar verließ mit de Vries das Konferenzzimmer und ging zum Dienstwagen. Dort warteten sie auf den Staatsanwalt und den Gast aus New York.

Als beide zum Wagen kamen, bat de Vries Dr. Zander, mit ihm auf der Rückbank Platz zu nehmen, während der Staatsanwalt sich neben Ideus auf den Beifahrersitz setzte.

Der Kommissar fuhr los. Er hörte, wie de Vries mit Dr. Zander ein Gespräch über New York begann.

Der Staatsanwalt schwieg. Ideus steuerte den Wagen durch den dichten Verkehr in die Innenstadt. Als er den Wagen von der Julianenburgstraße zum Schloßpark fuhr, flüsterte der Staatsanwalt: »Eine tolle Geschichte.«

»Wir werden sehen«, antwortete Ideus leise. Er hielt vor dem Revier. Der Gast und Dr. Duinmann stiegen aus.

»Wir treffen uns nachher«, sagte der Staatsanwalt.

De Vries stieg zu Ideus nach vorne. Der Kommissar fuhr los.

»Ich bin kein Kunstkenner, Jesko. Aber ein echter Chagall! Was würdest du mit solch einem dir anvertrauten Kunstwerk anfangen?«

»Vor lauter Angst, es zu verlieren, bei einer Bank in einem Tresor verwahren«, antwortete de Vries.

»Und wenn wir nun zur hübschen Lehrerin fahren und uns nach dem Verbleib des Bildes erkundigen?« fragte Ideus.

»Dann wird sie davon nichts wissen, Chef. Sie hatte zwar keine Geheimnisse mit ihrem Vater, dennoch . . .«

»Dr. Zander ist mir unsympathisch, Jesko. Dieses Hochnäsige von oben nach unten«, sagte der Kommissar.

»Und wenn seine Schuhgröße unserem Gipsabdruck entspricht?«

»Dann erhärtet das unseren Verdacht. Jesko, ein Mann von Welt fährt mit einem geliehenen Mercedes durch unser schönes Ostfriesland. Sein Freund Etzinga hat ihn mit seiner Geliebten betrogen, und nun möchte er sein

Kunstwerk zurückerhalten, das ihm bei einer Versteigerung aus seinen finanziellen Nöten helfen kann . . .«

»Und er findet nicht zum Etzinga-Hof. Gut, er war vorher nie hier gewesen, und New York ist eine andere Welt«, stellte de Vries fest.

Der Kommissar fuhr zum Marktplatz und fand eine Parklücke.

»Etzinga arbeitete mit der Raiffeisenbank zusammen«, sagte er.

»Sehen wir uns vorher die Fußspuren unseres Gastes an«, sagte de Vries.

Sie stiegen aus. De Vries öffnete die hintere Wagentür und hob die Fußmatte hoch. Auf der präparierten Unterlage hatten die Schuhe des Gastes aus New York bläuliche Abdrücke hinterlassen. De Vries holte das Gipsmodell aus seiner Tasche und nahm Maß.

»Es gibt keinen Zweifel. Die Schuhgröße stimmt«, sagte er.

»Reiner Zufall, Jesko. Nach seinen Angaben kann er es nicht gewesen sein, der in die Kuhscheiße trat«, antwortete der Kommissar ironisch.

Sie schlossen den Wagen ab, überquerten den Marktplatz und betraten die Schalterhalle der Raiffeisenbank. Der junge Angestellte führte sie zum Bankleiter.

»Herr Moorner, wir recherchieren im Fall Etzinga«, sagte der Kommissar.

Der Filialleiter wies ihnen Plätze an. »Und was kann ich für Sie tun?« fragte er.

»Der Landwirt Onno Etzinga war Kunde Ihrer Bank, Herr Moorner. Unser Interesse gilt einem echten Kunstwerk. Es handelt sich um einen Chagall von hohem Wert«, antwortete der Kommissar.

Der Filialleiter nickte. »Beim Tode eines Kunden sind

wir verpflichtet, dem Finanzamt die Kontenstände zu melden, nicht aber die hinterlegten Wertsachen. Solange sich keine Erben melden, gelten die Bedingungen weiter, die der Verstorbene mit uns vereinbart hat.«

»Und das Bild befindet sich im Safe?« fragte de Vries.

»Etzinga hat es bei uns deponiert. Mir kam das Gemälde, verzeihen Sie, kindisch naiv vor.«

»Auch wir sind keine Kunstexperten, Herr Moorner«, sagte der Kommissar.

»Wollen Sie es in Augenschein nehmen?« fragte der Filialleiter.

»Nein, jetzt nicht«, antwortete der Kommissar.

Sie verabschiedeten sich und verließen die Bank. Als sie zum Revier zurückkamen, saß der Staatsanwalt bereits in ihrem Dienstzimmer. Er sah geschafft aus.

»Und?« fragte er.

»Das Bild befindet sich im Tresor der Raiffeisenbank. Das spricht für Dr. Zander«, sagte der Kommissar.

»Und was spricht gegen ihn?« fragte der Staatsanwalt.

»Seine Schuhgröße«, antwortete de Vries.

»Dr. Zander verschweigt uns etwas«, sagte der Kommissar.

»Warum gab er nicht sofort zu, daß er sich zur Tatzeit in Aurich aufgehalten hat?« fragte de Vries.

»Einerseits befürchtete er, aus beruflichen Gründen in etwas hineingezogen zu werden, was seiner Position schaden könnte. Andererseits ist das Motiv, das wir ihm unterstellen, bei genauerer Betrachtung äußerst schwach«, stellte Dr. Duinmann fest.

»Das Bild wird einen enormen Vermögenswert besitzen«, sagte der Kommissar.

»Onno Etzinga hat Beate Multhaupt ausgezahlt. Er glaubte sich damit von seiner Vaterpflicht freigekauft zu haben und wollte den Chagall als Kapitalanlage nicht herausgeben«, folgerte de Vries.

»Dr. Zander besucht Onno Etzinga am besagten Abend, und nach einer Auseinandersetzung tötete er ihn im Affekt. Eine denkbare Lesart«, stellte der Kommissar fest.

»Gegen diese Version spricht allerdings der Gebrauch des Beiles. Die Mistgabel kann zufällig irgendwo in der Nähe gestanden haben«, sagte der Staatsanwalt.

»Herr Staatsanwalt, Sie gehen davon aus, daß Dr. Zander sich in den Staaten einen Colt hätte besorgen können, wenn er die Tat geplant hätte«, sagte der Kommissar.

»Kerstin Etzinga vermißte kein Beil. Es wurde von ihrem Vater selten benutzt und befand sich dort, wo es immer lag«, sagte de Vries.

»Und fanden Sie bei Harm Mentjes ein Beil vor?« fragte der Staatsanwalt.

»Ja, es war nicht sonderlich alt. Harm hatte es höchstens zum Anspitzen der Weidenpfähle benutzt«, antwortete de Vries.

»Es ist zum Verzweifeln. Dr. Zander kann der Mörder gewesen sein. Dennoch reichen unsere Indizien nicht einmal aus, ihn zu einem Verhör vorzuladen«, schimpfte der Kommissar.

»Nach den Gesetzen der Logik gehört Harm Mentjes hinter Gitter«, sagte Dr. Duinmann. »Der gehörnte Ehemann vergiftete seine Swantje und nimmt grausame Rache an seinem Skatbruder Onno. Doch Harm Mentjes besitzt ein Alibi! Und selbst den Giftmord an seiner Frau können wir ihm nicht nachweisen.«

»Die neue Harmonie zwischen Beate Multhaupt und Dr. Zander gibt mir zu denken«, sagte der Kommissar.

»Onno Etzinga wurde ermordet. Der gemeinsame

Sohn war verstorben. Damit waren die Hindernisse für einen Neuanfang überwunden«, stellte der Staatsanwalt fest.

»Und Dr. Zander, der Mann von Welt, brachte ein Beil mit, um seinen verlassenen ehemaligen Freund umzubringen?« sagte der Kommissar und lächelte.

»Er ist gerissen genug, um uns damit von sich abzulenken«, sagte de Vries.

»Andererseits hat Harm Mentjes den Zufall mächtig in Anspruch genommen«, warf der Staatsanwalt ein. »Er besitzt ein Alibi, das auf vier Zufällen basiert. Er wird am besagten Abend zufällig rückfällig und trinkt Schnaps. Seine vietnamesische Freundin oder Geliebte befand sich zufällig in Oldenburg bei einer Cousine. Sein Gehilfe Jong Kim hatte bereits zufällig Feierabend und den Hof verlassen. Und rein zufällig besucht ihn seine Tochter.«

»Und was folgern Sie daraus, Herr Dr. Duinmann?« fragte Ideus.

»Daß Harm Mentjes uns mit seinen Machenschaften ausgetrickst haben kann«, antwortete Duinmann.

»Und wie könnte ihm das gelungen sein?« fragte de Vries.

»Nehmen wir einmal an, seine Magd wäre nicht nach Oldenburg gefahren, sondern hätte in der Wohnung für Lärm gesorgt«, sagte der Staatsanwalt.

»Eine phantasievolle Auslegung. Und wenn ich Ihrer Deutung folge, dann könnte auch Kim Jong mitgespielt haben«, sagte de Vries.

»Vielleicht zahlte Mentjes an seine Angestellten ein Schweigegeld«, sagte Dr. Duinmann.

Der Kommissar nickte. »Wir werden uns um die Angestellten kümmern«, sagte er.

19

Über Aurich schien die Sonne. Marktbesucher schlenderten bei frühlingshaften Temperaturen an den Ständen der Händler entlang. Es roch nach Fisch. Der Duft von Blumen und Gewürzen mischte sich in die frische Frühlingsluft.

»Chef, es gibt Tage, an denen gefällt mir Aurich besonders gut«, sagte de Vries.

Sie schritten über den Markt der Raiffeisenbank entgegen.

»Dr. Zander wird New York aufregender finden, Jesko. Harm Mentjes sucht diese Idylle samstags auf, und unsere Asylanten sind der Meinung, daß wir hier im Paradies leben«, sagte der Kommissar.

Sie betraten den Schalterraum der Raiffeisenbank. Einige frühe Kunden warteten bereits vor den Schaltern.

»Herr Moorner ist in seinem Büro«, sagte der Angestellte am Tresen.

Sie kannten den Weg. Der Bankleiter begrüßte sie freundlich und wies ihnen Plätze an.

»Sie wollen das Kunstwerk betrachten?« fragte er.

»Später, Herr Moorner. Landwirt Mentjes wickelt seinen Zahlungsverkehr über Ihre Bank ab. Wir interessieren uns für die Kontenbewegungen, speziell für seine Lohnüberweisungen an seine Mitarbeiter. Frau Traa Kim und Jong Kim«, sagte der Kommissar und reichte ihm das Schreiben des zuständigen Untersuchungsrichters an.

Moorner warf kurz einen Blick auf das Schreiben.

»Warten Sie einen Moment. Ich besorge mir die Unterlagen«, sagte er und verließ sein Dienstzimmer. Nach wenigen Minuten kam er zurück.

»Herr Moorner, das Bankgeheimnis müssen Sie nicht weit lüften. Wie hoch waren die Lohnüberweisungen, und gab es Sonderzahlungen?« fragte de Vries.

Der Bankleiter stutzte. »Herr Mentjes überwies stets zum Monatsende an Frau Traa Kim tausendzweihundert Mark, an Jong Kim vierhundertfünfzig Mark. Ende Februar gingen auf beide Konten Sonderzahlungen in Höhe von tausend Mark ein.«

»Und was stimmte Sie so nachdenklich?« fragte der Kommissar.

»Herr Ideus, alle Einzahlungen gehen unsererseits per Dauerauftrag auf ein Konto der Stadtsparkasse Juist«, antwortete Moorner.

»Die Konten zeigen also nicht die üblichen Bewegungen?« fragte de Vries.

»So ist es«, antwortete der Bankleiter.

»Die Asylanten sind genügsam. Vielleicht zahlt ihnen Mentjes ein zusätzliches Trinkgeld«, sagte der Kommissar.

»Wünschen Sie weitere Auskünfte?« fragte Moorner.

»Danke. Das war es bereits«, antwortete der Kommissar. Sie verabschiedeten sich von Moorner und verließen die Bank. Sie überquerten den Markt und gingen über die belebte Burgstraße zum Revier.

»Chef, Harm Mentjes bezahlt seine Leute angemessen«, sagte de Vries.

»Und was stellen die tausend Mark dar? Eine Leistungsprämie, Kleidergeld oder Schweigegeld?« fragte der Kommissar.

»Vielleicht will Mentjes Traa Kim heiraten. Es handelt sich möglicherweise um die Brautprämie«, frotzelte de Vries.

»Jesko, die Genügsamkeit der Vietnamesen bewundere

ich, doch warum schicken sie ihre Lohngelder auf ein Konto der Stadtsparkasse Juist?«

»Fahren wir zu Mentjes, Chef, und fragen seine Angestellten dort selbst«, schlug de Vries vor.

»Wir wollen die Armen nicht verunsichern. Wir fahren nach Juist und erkundigen uns dort bei der Stadtsparkasse«, sagte der Kommissar entschlossen.

Die Kripobeamten stellten ihren Wagen in Norddeich vor dem Geräteschuppen des Wasser- und Schiffahrtsamtes ab. Das Wetter war frühlingshaft mild, und die Flut hatte ihren Höchststand erreicht. An den Masten der Fischkutter hingen die Fangnetze. Möwen kreischten und segelten im Wind.

Die Beamten schritten zur Mole und betraten über eine Gangway die Frisia X. Im Restaurationsdeck setzten sie sich an einen Fenstertisch und bestellten bei der Bedienung Kaffee. De Vries drehte sich eine Zigarette und rauchte schweigend.

Der Kommissar trank Kaffee und schaute auf das Meer. Ihm kamen Zweifel. Sie machten keine Vergnügungsreise auf Staatskosten. Dennoch fühlte er ein Unbehagen, weil sie dabei waren, die armen Asylanten in den Kreis des Verbrechens einzubeziehen.

Erst als die Dünenkette der Insel Juist in Sicht kam, brach de Vries das Schweigen.

»Zum Träumen schön«, sagte er.

»Und sündhaft teuer«, antwortete der Kommissar.

»Auf der Insel sind vietnamesische Landarbeiter fehl am Platze«, sagte de Vries.

»Vielleicht arbeiten dort ihre Verwandten, Jesko. Im Beherbergungsgewerbe sind Angestellte, die nicht stets auf die Uhr schauen, sicherlich erwünscht«, antwortete der Kommissar.

Sie beobachteten durch das Fenster das Anlegemanöver der Frisia X und verließen im Schwarm der Fahrgäste das Schiff. Für den Weg vom Anleger bis zum Gebäude der Stadtsparkasse benötigten sie nur wenige Minuten. Sie betraten die Filiale und gingen zum Schalter.

»Wir wünschen einige Auskünfte«, sagte der Kommissar zu dem jungen Angestellten und zeigte ihm seine Dienstmarke.

»Ich führe Sie zu unserem Filialleiter«, sagte der Angestellte. Das Büro befand sich seitlich der Schalterhalle. »Herr Visker, Besuch. Die Herren kommen von der Kripo Aurich«, sagte er und ging davon.

»Ein seltener Besuch«, sagte der gesetzte Filialleiter und begrüßte die Beamten.

»Herr Visker, Sie sind Insulaner und kennen sich hier gut aus. Wir recherchieren in einem Fall, der im wahrsten Sinne des Wortes Fremde betrifft«, sagte der Kommissar.

»Nehmen Sie bitte Platz. Sie machen mich neugierig. Ich führe diese Filiale seit fast zehn Jahren, ohne auch nur einen ungedeckten Scheck zu Gesicht bekommen zu haben«, sagte er.

»Herr Visker, in Aurich bemühen sich ein fleißiger Vietnamese und seine rührige Schwester aufopferungsvoll um westlichen Wohlstand und Unabhängigkeit von der Sozialhilfe. Ihre relativ kleinen Einkünfte, abgesehen von einigen Sonderzahlungen, fließen per Dauerauftrag von der Raiffeisenbank Aurich auf ein Konto Ihres Hauses.«

»Herr Kommissar, unser Prinzip ist Ihnen bekannt. Auch Kleinvieh bringt Mist«, sagte der Banker spaßig.

»Herr Visker, bleiben wir bei dem Bild. Kim Traa und

ihr Bruder Jong Kim wurden in ihrer Heimat wie Vieh behandelt. Sie wagten den Absprung und schafften es. Nun sind sie vielleicht zufällig und unverschuldet in die Nähe eines Verbrechens gerückt. Deshalb interessieren wir uns für ihre Kontostände«, sagte der Kommissar.

Visker schaute überrascht auf.

»Ich erinnere mich an einen Vorgang«, sagte er ernst. Er erhob sich und verließ sein Büro. Als er zurückkam, sagte er: »Eine nicht unattraktive Kapitalanlage.«

De Vries schaute den Filialleiter überrascht an.

»Wir vermuten ein Sparvolumen im Kellerniveau«, sagte er.

Der Filialleiter lachte trocken. »Herr Kommissar, Frau Kim Traa und ihr Bruder Kim Jong haben einen alten Hotelier, der sich zur Ruhe setzen wollte und sich nicht in der Lage befand, sein heruntergekommenes Hotel zu renovieren, den Komplex abgekauft.«

»Donnerschlag!« rief de Vries überrascht aus.

»Uns kamen keine Bedenken«, sagte der Bankleiter. »Die Anzahlung befand sich auf dem Konto. Den Rest finanzierten wir. Ein China-Restaurant auf Juist ist keine uninteressante Kapitalanlage.«

»Gibt es einen anonymen Teilhaber?« fragte der Kommissar.

»Davon weiß ich nichts«, sagte Visker. »Es gibt einen Zusatzvertrag. Der Verkäufer bekommt nach Eröffnung eine monatliche Altersrente von den Betreibern. Der Notar war Veno Broers, Aurich.«

»Wir danken Ihnen für die Auskünfte, Herr Visker«, sagte Ideus und erhob sich.

»Wo befindet sich das zu renovierende Hotel?« fragte de Vries.

»Auf der Düsselstraße«, sagte der Bankleiter. »Sie können es nicht verfehlen. ›Juister Woge‹ hieß es unter dem Vorbesitzer.«

»Danke, Herr Visker. Ihre Auskünfte werden wir streng vertraulich behandeln. Auf Wiedersehen«, sagte der Kommissar.

Bis zur Abfahrt der Frisia X blieb Ihnen viel Zeit. Sie suchten die Düsselstraße auf und betrachteten den wuchtigen Altbau, vor dessen Eingangstür und breiten Fenstern sich häßliche Bretterverschläge befanden.

»Eine gute Lage«, stellte de Vries fest.

»Und ein Gewinn für die Insel, Jesko. Ich hasse diese Frittenbuden«, sagte der Kommissar.

20

Sie erreichten Aurich gegen 18 Uhr.

Rechtsanwalt Veno Broers hatte seine Kanzlei bereits geschlossen. Er wohnte privat auf dem Dodeweg 15.

Sie parkten vor seinem Bungalow und trafen ihn gerade noch an, als er in seinen Wagen steigen wollte.

»Herr Broers, eine Sekunde«, sagte der Kommissar. Er hielt die Polizeimarke in der Hand.

Der Rechtsanwalt stutzte.

»Bringen Sie mir Verdruß?« fragte er freundlich.

»Nicht unbedingt. Wir kommen von Juist zurück. Ein vietnamesisches Geschwisterpaar hat dort ein altes Hotel gekauft. Sie versahen den notariellen Dienst«, sagte der Kommissar.

Broers, er war um die Vierzig, zeigte auf seine Tennistasche.

»Ich habe einen Platz in der Halle gebucht. Nur kurz. Sie wollen wissen, woher die Asylanten das Geld bekamen? Nun, dieser Kim Jong hatte eine fünf mit Zusatzzahl im Lotto. Ich habe mich mit den Armen gefreut. Ansonsten habe ich morgen meine Praxis ab acht Uhr geöffnet.« Er nickte Ideus zu, stieg in seinen Wagen und fuhr davon.

»Eine simple Erklärung für den Wohlstand, Chef«, sagte de Vries.

»Allerdings. Fahren wir zum Revier. Du kennst Dr. Duinmann. Der steht morgen um acht Uhr auf der Matte«, sagte der Kommissar.

Im Dienstzimmer holte Ideus die Schreibmaschine auf seinen Tisch.

»Jesko, setz ein Fernschreiben auf und frage bei der Niedersächsischen Zahlenlotto GmbH in Hannover nach, ob Kim Jong oder seine Schwester auf der Gewinnliste gestanden haben«, forderte er seinen Assistenten auf.

»Sie hegen Zweifel, Chef?« fragte de Vries.

»Nicht unbedingt, Jesko«, antwortete der Kommissar und tippte das Protokoll.

Der Kommissar hatte sich getäuscht. Der Staatsanwalt war am Morgen nicht erschienen. Er hatte auch kein Interesse an ihrem Protokoll gezeigt.

Am späten Nachmittag traf die Antwort der Niedersächsischen Zahlenlotto GmbH per Fernschreiben ein.

»Merkwürdig«, sagte de Vries, »unsere Asylanten standen nicht auf der Gewinnliste.« Er reichte dem Kommissar das Fernschreiben an.

Ideus grinste schmal. »Es gehört nicht zu den Pflichten des Notars, die Herkunft des Kapitals zu ergründen, Jesko. Aber Broers war wohl ein wenig blauäugig.«

De Vries nahm den Telefonhörer in die Hand.

»Ich rufe Notar Broers an«, sagte er.

Ideus nickte. Hatten sie jetzt das Ende des Fadens gefunden?

Er ging zum Automaten und zog sich einen Becher Kaffee. In Gedanken überschlug er die Einkommen der beiden Asylanten. Juister Grundstückspreise sind nicht von Pappe, dachte er. Das Risiko war nicht sonderlich groß. Chinesisch zu essen auf der Insel in gepflegter Atmosphäre konnte Gefallen bei den Urlaubern finden. Die Sparkasse hatte sicherlich eine Rentabilitätsrechnung aufgestellt, bevor sie den Kredit bewilligt hatte.

Nachdenklich betrat Ideus das Dienstzimmer.

»Die beiden besaßen zwanzigtausend Mark Erspartes, Chef«, sagte de Vries. »Der angebliche und vorgetäuschte Lottobetrag belief sich auf dreißigtausend Mark.«

»Und die zu zahlende Rente?«

»Nach Eröffnung des Lokals pro Monat dreitausend Mark. Der alte Hotelier trinkt, seine Lebenserwartung ist nicht sonderlich hoch.«

»Ein Geschäft, das aufgehen könnte. Doch woher stammen die dreißigtausend Mark?«, fragte der Kommissar.

»Könnte Harm Mentjes als Strohmann dahinterstehen?«

»Das Geschäft stinkt zum Himmel«, antwortete der Kommissar.

»Denken Sie vielleicht an eine Killerprämie?« fragte de Vries zweifelnd.

»Ja, möglicherweise gewährt als eine stille Kapitaleinlage von Harm Mentjes.«

»Kerstin sah einen kleinen Mann, Chef. Kim Jong ist klein«, stellte de Vries fest.

»Hm, das würde einiges erklären. Harm vergiftete seine Swantje, weil sie mit Onno ein Verhältnis hatte. Dann läßt er Onno Etzinga umbringen. Geld spielte keine große Rolle. Harm ist vermögend, und zusätzlich kassierte er die Versicherungsprämie.«

»Der Kreis schließt sich«, murmelte de Vries. »Wir haben Harm Mentjes lange genug in Freiheit gelassen. Nun sollten der Staatsanwalt und der Untersuchungsrichter ihn inhaftieren lassen. Der Rest ist Juristerei.«

Der Kommissar nickte. »Es sieht so aus, als ob die Gier nach Wohlstand Kim Jong zum Verhängnis geworden ist.«

»Er ist auf dem Wege, Harm Mentjes Schwager zu werden«, antwortete de Vries.

»Eine schöne ›Mafia‹. Dann müssen in der Tat die Herren Juristen entscheiden«, sagte der Kommissar.

Sie verließen das Revier, durchquerten den Schloßpark und suchten den Staatsanwalt auf. Dr. Duinmann befand sich in seinem Büro und blickte überrascht auf die Besucher.

»So kurz vor Feierabend?« fragte er und bat sie, in der Besucherecke Platz zu nehmen.

»Herr Staatsanwalt, es gab keinen Lottogewinn! Und nun gerät Harm Mentjes in den Verdacht, an seinen Angestellten Kim Jong eine Killerprämie gezahlt zu haben«, trug der Kommissar vor.

»Meine Herren, ich habe den Untersuchungsrichter bekniet, den Haftbefehl auszusetzen«, sagte Dr. Duinmann mürrisch, »und jetzt verlangen Sie von mir, daß ich wieder zu ihm gehe und eingestehe, daß wir einen Fehler gemacht haben?«

»Das sehen Sie falsch, Herr Staatsanwalt«, sagte de Vries. »Nach unseren neuesten Recherchen gibt es eine Menge Fragen, die Sie Harm Mentjes stellen können. Ich halte es allerdings auch für dringend erforderlich, daß wir uns Kim Jong vornehmen!«

»Erst Harm Mentjes, dann Dr. Johann Zander und nun Kim Jong! Spielen Sie Ringelreihen?« schimpfte der Staatsanwalt.

»Es ist ein Spiel, das wir häufig spielen müssen, Dr. Duinmann«, sagte Ideus, »und nach seinen Regeln möchten wir von Kim Jong wissen, wer ihm das Geld gab, das ihm fehlte, um die ›Juister Woge‹ zu kaufen.«

»Sie denken dabei an Ihren Skatbruder Mentjes?« fragte der Staatsanwalt.

»Ja. Die Geschwister Kim verfügten über Mittel, deren Herkunft recht nebulös sind«, sagte der Kommissar.

»Selbstverständlich wird Harm Mentjes vorgesorgt haben. Es wird keine Quittung oder ein Überweisungsformular in seinen Akten abgeheftet sein«, fügte de Vries hinzu.

Der Staatsanwalt fühlte sich herausgefordert. Er war kurz vor dem Ruhestand. Dies war sein letzter Fall.

»Der Untersuchungsrichter befindet sich noch im Hause, meine Herren. Sie entschuldigen mich bitte.« Er erhob sich und verließ sein Amtszimmer.

»Das Mobiliar hier ist so alt wie Duinmann selbst«, sagte de Vries. »Repräsentativ nennt man das, Jesko. Duinmann hat seine besten Jahre hinter sich und möchte keine Fehler machen.«

Sie warteten geduldig.

»Ich komme meiner Kur näher«, sagte Dr. Duinmann freundlich, als er zurückkehrte. »Wir werden Kim Jong in Untersuchungshaft nehmen. Zur Zeit befindet er sich noch auf dem Mentjes-Hof. Wir warten, bis er Feierabend hat.«

»Sollen wir die Vorbereitungen treffen?« fragte de Vries.

»Lassen Sie ihn observieren. Ich komme um zwanzig Uhr zum Revier.«

In Begleitung eines Beamten der Schutzpolizei fuhren die Kripobeamten und der Staatsanwalt zum Asylantenheim. Sie parkten den Wagen vor dem Textilmarkt und gingen zu Fuß zu dem Gebäude, das im Knick der Ludgerstraße und der Hirtenstraße lag.

Der Innenhof lag im Schatten der Bäume. An den Lampen des Gebäudes trieben Nebelschwaden im leichten Wind.

Ein junger Beamter tauchte hinter abgestellten Autos auf. Er nickte, wies auf den Eingang des alten, ehemaligen Pastorenhauses und schlenderte davon.

Im Korridor spielten Kinder. Es roch nach Putzmittel. Hinter einem Tresen stand der Hausmeister im grauen Kittel.

Der Staatsanwalt stellte sich vor. Der Mann musterte die Beamten mißtrauisch.

»Herr Benninga, bei Ihnen wohnt der Landarbeiter Kim Jong. Wir müssen ihm einen Besuch abstatten«, sagte der Staatsanwalt.

»Wohnen ist etwas übertrieben«, murmelte der Hausmeister. »Die Armen sind hier notdürftig untergebracht.«

»Und wo können wir ihn finden?« fragte Ideus.

»Hier im Parterre, Zimmer acht«, antwortete der Hausmeister.

»Danke«, sagte der Staatsanwalt.

Der lange Flur war sauber. Auf den Steinfliesen spiegelte sich das Licht der Deckenleuchten.

Der Staatsanwalt klopfte an die Zimmertür.

Kim Jong öffnete. Das Lachen auf seinen Lippen erstarb. Er duckte sich und versuchte auszubrechen. Der Wachtmeister warf sich ihm entgegen. De Vries zog die Dienstwaffe, während Kim Jong sich mit gezielten Karateschlägen freizukämpfen versuchte.

»Schluß!« schrie de Vries.

Der Wachtmeister legte dem Vietnamesen die Handschellen an. Sie drängten ihn in eine Ecke des Zimmers.

»Herr Kim Jong, Sie sind verhaftet. Hier ist der Haftbefehl. Ihnen wird zur Last gelegt, den Landwirt Etzinga mit einem Beil und einer Forke ermordet zu haben«, sagte der Staatsanwalt.

Der Vietnamese rang nach Luft. In seinen Augen spiegelte sich Verzweiflung.

»Sie müssen hier nicht aussagen«, belehrte ihn Dr. Duinmann. »Doch wenn Sie zu den Vorwürfen Stellung beziehen wollen, werden Ihre Äußerungen für und gegen Sie verwendet. Da Sie unserer Sprache mächtig sind, benötigen wir keinen Dolmetscher.«

Der Vietnamese schwitzte. Er begriff, daß es für ihn keinen Ausweg mehr gab.

»Herr Kim Jong, wer bezahlte Ihnen die Killerprämie?« fragte der Kommissar.

»Ich töten Herr Etzinga, weil er Schwester in Wohnung nach Bremerhaven geholt, belästigt und dort ausgenutzt hat ihre Not«, gestand Kim Jong überraschend schnell.

»Das ist ein Geständnis, Kim Jong«, sagte Dr. Duinmann. »Allerdings gewannen weder Sie noch Ihre Schwester einen Betrag im Lotto. Sie kauften auf Juist ein altes Hotel. Wer gab Ihnen das Geld?«

»War unser Geld, verdient bei Landwirt Mentjes«, antwortete Kim Jong hastig.

»Das haben wir überprüft. Die Bezüge, die Sie und Ihre Schwester bei Herrn Mentjes erhalten haben, hätten gerade für einen vierwöchigen Inselurlaub gereicht«, sagte der Kommissar.

»Ich haßte Etzinga! Er wollte, daß man mich schickt zurück; ausweisen, dann ich Todesstrafe«, antwortete der Vietnamese mit weinerlicher Stimme.

»Hat Landwirt Mentjes Ihnen eine Prämie für den Mord gezahlt?« fragte der Staatsanwalt.

»Nein! Chef ist gut. Bezahlen gut«, antwortete Kim Jong.

De Vries begann sich im Zimmer umzusehen. Es war einfach möbliert. In einem kleinen Schreibtisch fand er Briefe.

Kim Jong unternahm einen Versuch, zum Schreibtisch zu gelangen. Der Wachtmeister hielt ihn zurück.

De Vries vertiefte sich in die abgelegten Briefe.

»Das darf doch nicht wahr sein!« sagte er plötzlich. »Herr Staatsanwalt, hier lesen Sie. Der Mörder hat heute noch ein Rendezvous.«

Der Wachtmeister zwang den kleinen Vietnamesen, der sich trotz der Handschellen aufzubäumen versuchte, in die Knie.

Dr. Duinmann schritt zum Schreibtisch. Er nahm den mit Maschine verfaßten Brief und las.

Mein lieber Kim Jong,
ich glaube schon, daß ich die letzten Bedingungen unseres Übereinkommens am Dienstag, dem 29. 4. 1988, erfüllen kann. Vorausgesetzt, Du hast Dich an meine Weisungen gehalten und die Anzahlung nicht vorzeitig und unüber-

legt irgendwo investiert. Wir treffen uns um 22 Uhr im Garten des Forsthauses. Im kleinen Saal übt eine Akkordeongruppe, im großen Saal feiert eine Lehrergewerkschaft das Frühlingsfest. Du kannst also ungesehen in den Park gelangen. Ich werde mich bei der dritten Gartenbank aufhalten. Bitte sei vorsichtig.

Der Brief trug keine Unterschrift.

Kim Jong war fertig. Sein Widerstand erlahmte.

»Wer hat den Brief geschrieben?« fragte der Staatsanwalt.

Kim Jong schwieg.

»Der Brief ist an Sie gerichtet«, sagte Dr. Duinmann. »Der Absender will Ihnen den Rest der Killerprämie auszahlen. Mit seinem Geld zahlten Sie das Hotel auf Juist an.«

Der Vietnamese schaute auf den Boden.

»Reden Sie! Wer schrieb den Brief?« fragte der Kommissar verärgert.

»Will sprechen Anwalt«, antwortete Kim Jong schließlich.

»Herr Kim Jong, wir werden Sie zum Untersuchungsgefängnis bringen und dem Amtsrichter vorführen«, sagte der Staatsanwalt.

Ideus nickte. »Gehen wir, uns bleibt wenig Zeit.«

Sie verließen das Zimmer. De Vries verschloß die Tür und klebte eine Siegelmarke auf das Schloß.

Sie gingen zum Wagen und fuhren zum Revier.

21

Der Kommissar forderte bei der Einsatzleitung der Schutzpolizei einen Streifenwagen an.

»Für eine große Lagebesprechung bleibt uns kaum Zeit«, sagte er.

Dr. Duinmann betrat das Dienstzimmer.

»Eine Zelle ist belegt«, sagte er erleichtert, »nun warten wir auf den Gast für die zweite.«

»In wenigen Minuten trifft ein Streifenwagen ein«, sagte der Kommissar.

»Von einem Überrumpelungskommando halte ich wenig«, murmelte Dr. Duinmann. »Der Mann, der Kim Jong zum Mord angestiftet hat, könnte eine Waffe besitzen und wild um sich schießen.«

»Ich bin nicht übermäßig groß, Chef«, sagte de Vries. »Bei diesem Wetter könnte ich den Mann ablenken, während Sie mir mit den Kollegen Rückendeckung geben und ihn festnehmen.«

»Aber nur, wenn Sie vorsichtig zu Wege gehen und Ihr Leben nicht aufs Spiel setzen, Herr de Vries«, antwortete Dr. Duinmann.

Jesko de Vries steckte seine Dienstwaffe in die Jackentasche.

Sie verließen das Dienstzimmer, als vor dem Schloßflügel der Streifenwagen eintraf.

Der Staatsanwalt versammelte die Beamten um sich und gab seine Anweisungen.

Jesko de Vries fühlt das aufsteigende Lampenfieber. Er holte den Handscheinwerfer aus der Heckklappe des Dienstwagens.

Für Sekunden dachte er an seine Freundin. Sie würde

ihn einen Idioten schimpfen, der für ein karges Gehalt sein Leben zu riskieren bereit war.

Jesko lachte geringschätzig. Er war kein Held, doch was sollte schiefgehen?

Vielleicht saß Harm Mentjes als der große Unbekannte auf der Parkbank. Verkleidet und auf Distanz achtend, weil er Jong Kim anonym für das dreckige Geschäft gekauft hatte.

Jesko blickte kurz zum Untersuchungsgefängnis auf, sah den Nebel, der an der rissigen Wand entlangtrieb, und gab sich einen Ruck.

»Ich fahre los. Es ist genau einundzwanzig Uhr fünfzig. Bis dann«, sagte er und stieg in den neutral lackierten Polizeipassat.

Das Forsthaus war hell erleuchtet. Scheinwerfer strahlten den vollbesetzten Parkplatz aus. De Vries fuhr seinen Wagen auf ein seitliches Rasenstück. Er hörte Akkordeonmusik, und in der Luft lag Bratengeruch.

Lautlos schlich er an den Rhododendronsträuchern vorbei in den Park. Nebelschleier zogen über den Rasen. Er mied die erste Gartenleuchte. In der einen Hand hielt er die Taschenlampe und in der anderen seine schußbereite Dienstwaffe. Er fühlte die nasse Kälte auf seiner Stirn.

Langsam und gefaßt passierte er die erste Bank. Die zweite Bank lag in der Nähe einer weiteren Gartenlampe. In ihrem Licht verflüchtigte sich der Nebel.

De Vries betrat den Rasen und schritt im Bogen um das Hindernis. Als er den Parkweg wieder betrat und einige Schritte weiter gegangen war, blieb er stehen. Er sah das helle Plastikgestell der Bank und die dunklen Umrisse des Mannes.

»Kim?« fragte eine Stimme, die ihn verwirrte. Ein kalter Schauer fuhr ihm über den Rücken.

»Kim?« drang es ihm erneut entgegen. De Vries empfand eine panische Angst. Er mußte antworten. Wo war der Kommissar mit den Kollegen der Schutzpolizei? De Vries kniete sich auf den Boden und schaltete den Handscheinwerfer ein. Er sah das Mündungsfeuer und hörte die Detonation. Für Sekunden war er wie gelähmt. Der Mann näherte sich ihm!

Er vernahm Geräusche der heranstürzenden Kollegen.

Jesko de Vries schoß. Der Mann wankte. Doch erneut wurde Jesko von einem Mündungsfeuer geblendet. Er fühlte einen kurzen brennenden Schmerz am linken Oberarm und schoß zum zweitenmal. Dann sah er im Licht der vielen Handscheinwerfer das Opfer. Es lag mit dem Gesicht auf dem Boden. Die Pistole war ihm aus der Hand geglitten.

»Mein Gott, das ist Frau Multhaupt, Jesko!« sagte der Kommissar. »Sie ist tot!«

De Vries erhob sich. Er starrte ungläubig auf die Gestalt, die auf dem Boden lag. Sie trug Jeans und einen Troyer.

»Herr de Vries, Sie haben sie in Notwehr erschossen«, sagte der Staatsanwalt.

»Mein Gott, Beate Multhaupt«, sagte de Vries überrascht. Er erinnerte sich an ihre Stimme.

»Jetzt stehen wir vor einem neuen Rätsel, Jesko«, sagte der Kommissar leise.

Dr. Duinmann wandte sich an einen Wachtmeister. »Fordern Sie über Funk einen Arzt und den Sarg an«, befahl er.

De Vries fühlte, wie Blut seinen Arm hinablief. Es drang durch die Jacke.

Der Staatsanwalt klopfte ihm auf die Schulter.

»Sie wollte den lästigen Zeugen Kim Jong loswerden und hätte Sie beinahe erwischt«, sagte er.

»Komm mit, Jesko, ein Kollege bringt dich zum Krankenhaus«, sagte der Kommissar.

Es handelte sich wirklich nur um einen harmlosen Streifschuß. Nach einer ambulanten Versorgung durch den dienstbereiten Nachtarzt konnte Jesko de Vries selbst seinen Wagen nach Hause steuern.

22

De Vries trat am Morgen pünktlich seinen Dienst an. Er verfaßte mit dem Kommissar ein lückenloses Protokoll über die Vorgänge und Hintergründe der Geschehnisse im Garten des Forsthauses. Danach erstellten sie eine gewissenhafte Dokumentation der Notwehrsituation, in der sich der Kriminalbeamte befunden hatte.

»Ich hatte keine andere Wahl, Chef«, sagte de Vries, »dennoch bleibt ein bitterer Nachgeschmack.«

»Nimm die Sache nicht so schwer, Jesko. Frau Multhaupt hat keine Skrupel gekannt, als sie Onno Etzinga umbringen ließ. Und denk dran, daß du dem Vietnamesen das Leben gerettet hast.«

»Ein verkorkstes Leben«, antwortete de Vries.

»Wer will hier richten, Jesko? Da wird noch einiges zutage kommen. Kim Jong, ein ideologisch gestutzter Held, zum Töten ausgebildet, der Gier nach westlichem

Wohlstand verfallen. Der Mann befand sich noch im Krieg, obwohl er bei Mentjes in Freiheit lebte.«

»Mit seinem Verbrechen schadet er dem Ansehen vieler Asylanten, die unter großen Gefahren ihr Leben retten konnten«, antwortete de Vries.

»Ich bin sicher, daß seine Schwester Kim Traa immer noch an den Lottogewinn glaubt«, sagte Ideus.

»Und Harm Mentjes wird die angesagte Verlobung im kleinen Kreise feiern«, sagte de Vries.

»Ob Mentjes schuldig am Tod seiner Swantje ist oder nicht, das wird noch zu klären sein. Erledigen wir unseren Verwaltungskram, denn nachher müssen wir zu Dr. Duinmann. Wir werden erfahren, was er und der Amtsrichter für das weitere Vorgehen geplant haben.«

Im kleinen Sitzungssaal der Staatsanwaltschaft hatte Dr. Duinmann zu einer Kaffeetafel eingeladen. Die Tische waren gedeckt. Platten mit dem üblichen Butterkuchen standen neben Warmhaltekannen.

Die Kripobeamten setzten sich überrascht an den Tisch und begrüßten Wachtmeister Gerdes.

»Gibt Duinmann seinen Abschied?« fragte de Vries und grinste.

Gerdes hob die Schultern. Doch dann betrat Dr. Duinmann den kleinen Saal. Er war in Begleitung zweier Herren, die zurückhaltend grüßten und sich an den Tisch setzten.

»Meine Herren, ich habe Sie zu einem verspäteten Frühstück eingeladen«, sagte Dr. Duinmann. »Ich bin mir sicher, daß der Abschluß meines letzten Falles in greifbare Nähe gerückt ist. Uns ist es gelungen, schicksalhafte Verstrickungen von Mitbürgern transparent zu machen.

Wir sind keine Richter. Ich lege Wert darauf, dieses Zusammensein nicht als eine Siegesfeier zu betrachten. Sagen wir bescheiden, wir haben beruflichen Erfolg gehabt. Einen Teil der Aufgabe haben wir erfüllt. Vor uns liegt die Klärung des Restes. Wir wollen uns ungezwungen unterhalten und notwendige Konsequenzen aus dem ziehen, was wir zur Zeit wissen. Bitte bedienen Sie sich.«

Die Anwesenden schraubten die Warmhaltekannen auf und langten nach dem Kuchen, während sich die unbekannten Gäste vorstellten. Es war ein Kriminalrat aus Oldenburg mit seinem Assistenten.

»Das Motiv«, sagte der Kriminalrat, und jeder wußte, daß er Beate Multhaupt meinte, »entsprang einer sich spiralartig eskalierenden Haßsituation.«

Dr. Duinmann fügte erläuternd hinzu: »Die junge Frau war enttäuscht worden. Onno Etzinga hatte ihr die Ehe versprochen. Sie gebar ihm ein geistig behindertes Kind, das er ablehnte. Etzinga kaufte sich frei. Beate Multhaupt kannte keine wirtschaftliche Not, befand sich allerdings in einem seelischen Tief.«

»Sie meinen, daß die Fakten, die uns bisher bekannt sind, nicht genügen, die Handlung der Beate Multhaupt richtig einzuordnen?« fragte der Kommissar.

»Eine Kurzschlußpanik! Wer weiß«, sagte der Staatsanwalt.

»Das sehen wir anders«, sagte der Kriminalrat aus Oldenburg. »Wie wir erfuhren, waren die familiären Verhältnisse in Ordnung, als meine Kollegen die Frau Multhaupt aufsuchten.« Er schaute Ideus und de Vries fragend an.

»Sie beabsichtigte, zu Dr. Zander nach New York zu ziehen und kündigte ihre Stellung«, sagte der Kommissar.

»Das ist richtig. Zu diesem Zeitpunkt war der kleine

Jochen, ihr behinderter Sohn, bereits tot«, sagte der Oldenburger Kollege.

»Und wann nahm sie den Kredit für die Killerprämie auf ihr Haus auf?« fragte Dr. Duinmann.

»Einige Tage nach der Beerdigung des Kindes«, antwortete der Kriminalrat.

»Könnte es sein, daß dieses geistig behinderte Kind ihr im Wege stand?« fragte de Vries.

Die Anwesenden schwiegen. Er hatte einen Verdacht ausgesprochen, der die Tote so ungeheuerlich belastete, daß sie ihn nicht zu Ende denken wollten.

»Haben Sie ihre alte Mutter befragt?« fragte der Kommissar den Kriminalrat.

»Ja. Sie ist senil und — verzeihen Sie — total verkalkt«, antwortete der Kriminalrat. »Wir haben sie in ein Heim eingewiesen. Sie redete wirr von einem Handwerker, der vor dem Tod des Kindes die Zimmer ausgemessen hätte.«

Der Kommissar sah die Alte vor sich. Sie hatte kaum gesprochen, als sie Beate Multhaupt aufgesucht hatten.

»Haben Sie das Kind exhumieren lassen?« fragte er.

»Noch nicht. Vielleicht wird das notwendig«, sagte der Staatsanwalt.

Ideus dachte an Onno Etzinga. Er fand seinen Verdacht ungeheuerlich. Aber Onno hatte sie alle über Jahre hinweg getäuscht.

»Vielleicht war Onno Etzinga der Handwerker«, sagte er.

Alle starrten ihn an.

»Werden Sie deutlicher, Herr Ideus«, forderte ihn der Staatsanwalt auf.

»Nur so ein Verdacht. Onno verlor Swantje durch einen Giftanschlag. Vielleicht zog er Bilanz. Er war ein Ästhet. Er liebte Jugend und Schönheit und genoß beides im Übermaß. Dabei hatte er einen Sohn gezeugt, der sein nahendes Alter zu belasten drohte.«

»Herr Kommissar, Sie glauben also, Etzinga hätte als starker, gesunder Mann die Existenz seines behinderten Kindes als lebensunwürdig betrachtet und es umgebracht?« fragte der Kriminalrat.

»Ich halte es für möglich«, antwortete der Kommissar.

»Und Beate Multhaupt vermutete den Zusammenhang und ließ ihn umbringen?« fragte de Vries.

»Das wäre zumindest nachvollziehbar und würde einiges erklären«, sagte der Kriminalrat.

»Es gab, wie wir von Kim Jong wissen, eine Beziehung des gedungenen Mörders zu Onno Etzinga. Allerdings wissen wir noch nichts über die Beziehung zwischen Beate Multhaupt und Kim Jong«, stellte Kommissar Ideus fest. Er griff nach einem Stück Butterkuchen und aß es. Er trank Kaffee dazu und schmeckte nicht einmal das Aroma. Er hörte, wie der Kriminalrat sprach.

»Im Leben der Beate Multhaupt hatte sich nach dem Tod des behinderten Kindes einiges geändert. Sie besuchte Diskussionsabende und kümmerte sich um Ausländerkinder und Asylanten.«

»Lassen Sie den kleinen Jochen exhumieren«, sagte der Kommissar.

Jochen war, so vermutete Ideus, keines natürlichen Todes gestorben. Hatte sich Onno vielleicht sogar soweit verstiegen, daß er meinte, seinem lebensunfähigen Kind einen Dienst erwiesen zu haben? Der Staatsanwalt erhob sich und beendete die Gesprächsrunde mit den Worten: »Wir überlassen die weiteren notwendigen Recherchen unseren Oldenburger Kollegen.«

23

Im Hause Mentjes spielten sich rührende Szenen ab. Harm, der grobe Landwirt, der stets seine Gefühle zu verbergen suchte, tröstete seine Traa Kim. Mit Tränen in den Augen versuchte er ihr den Gedanken der Sippenhaft und Mitschuld auszureden. Traa Kim kam sich zu unwürdig vor, die Verlobung einzugehen und dachte in langen Nachtstunden an den Freitod.

Obwohl selbst noch belastet, seine Ehefrau Swantje vergiftet zu haben, gelang es ihm, seine Braut aufzurichten und von seiner Liebe zu überzeugen.

Befreit von dem Verdacht, seinen Nachbarn Onno Etzinga umgebracht zu haben, blieb er nervenstark und handelte. Er beauftragte einen namhaften Rechtsanwalt aus Jever mit der Verteidigung seines zukünftigen Schwagers.

Anja und Uwe hielten sich zurück. Sie hatten verwundert hingenommen, daß ihr Vater trotz der Ereignisse die Verlobung mit Traa Kim am Ostersamstag feiern wollte. Ihnen war es peinlich, als sie erfuhren, daß ihr Vater Hand in Hand verliebt mit der jungen Frau seine Einkäufe in Aurich getätigt hatte. Für Mutters Belange hatte er soviel Hingabe nie aufgebracht.

Deshalb schien es ihnen, so ihr Fazit, als stünde auch das zweite Fest, zu dem er sie eingeladen hatte, unter einem ungünstigen Stern.

Am Abend des Ostersamstages bummelten nur vereinzelte Spaziergänger durch Aurichs Innenstadt. Die sonst so begehrten Parkplätze vor dem Schloßflügel standen leer.

Der Kommissar und sein Assistent warteten mit zwei Beamten der Schutzpolizei im Bully vor dem Revier auf Dr. Duinmann. Das festliche Geläute der Glocken von St. Lamberti drang zu ihnen.

»Im Kittchen ist noch ein Zimmer frei«, sagte de Vries und zeigte scherzend auf die verwitterte Fassade des Untersuchungsgefängnisses.

Der Kommissar fand keinen Gefallen am Humor seines Assistenten. Sie hatten Harm Mentjes lange, sehr lange auf freiem Fuße gelassen. Doch nun war es soweit. Der Untersuchungsrichter hatte konsequent eingegriffen.

Dr. Duinmann hinkte zum Bully.

»Nach Ostern reiche ich den Antrag auf eine Kur ein«, sagte er und setzte sich ungelenk in den Autositz.

Er legte seine alte Ledertasche auf die Knie.

»Wir können«, sagte er zum Fahrer.

Die Straßen waren wie leergefegt. Ideus fühlte ein leichtes Lampenfieber.

Der Staatsanwalt schwieg.

Als der Fahrer den Bully von der Kreisstraße auf die Dorfstraße von Tannenhausen und danach auf den Versorgungsweg lenkte, schaute der Kommissar auf die Uhr.

»Zwanzig Uhr dreißig, die richtige Zeit«, sagte er.

Dr. Duinmann nickte mißmutig.

Seitlich lagen die Felder und Weiden. Am Himmel trieben weiße Wolken vor dem dunkler werdenden Horizont. An den Gebäuden des Hofes brannten bereits die Außenleuchten.

Die Gäste hatten ihre Wagen vor der Scheune abgestellt. Der Fahrer parkte den Bully in der Nähe der Haustür.

Dr. Duinmann richtete sich auf und stöhnte.

»Versehen wir unser Dienstgeschäft. Meine Herren,

bleiben Sie wachsam«, sagte er und verließ den Wagen.

Die Beamten folgten ihm zu der kleinen Seitentür. Sie war nicht verschlossen. Das Stimmengewirr der Feiernden drang ihnen entgegen.

»Hallo! Besuch!« rief der Kommissar in den Flur.

Für Sekunden wurde es still. Jemand schaltete das Licht ein. Sie vernahmen Schritte.

Uwe Mentjes schaute sie überrascht an.

»O Gott«, sagte er nur.

»Herr Mentjes, wir bringen keine Blumen«, sagte der Staatsanwalt.

»Aber Ärger«, sagte der Student verbissen.

»Unser Dienst . . .« antwortete der Kommissar. Sie folgten Uwe durch die Milch- und Wohnküche zum Wohnzimmer.

Im Kamin brannten klobige Holzscheite. Die Tische bildeten ein Karree. Auf den weißen Tüchern standen Flaschen und Gläser.

Die Verlobungsgäste blickten ihnen überrascht entgegen. Das Gemurmel erstarb nach wenigen Sekunden.

Harm Mentjes, der neben seiner hübschen Traa Kim saß, fuhr hoch.

»Was soll dieser Überfall?« brüllte er die Beamten an, die in Türnähe stehenblieben.

»Herr Mentjes, überlassen Sie bitte uns das Wort«, erwiderte der Staatsanwalt. Seine Hände zitterten, als er den Haftbefehl aus seiner Tasche zog.

»Wer gibt Ihnen das Recht, meine Feier so unverschämt zu stören?« brauste Mentjes auf.

Die hübsche Braut begann zu weinen.

»Harm, behalte die Verlobungsringe noch ein wenig. Es besteht kein Grund zum Feiern. Gegen dich liegt ein Haftbefehl vor«, sagte der Kommissar.

Die Gäste schwiegen. Die Stimmung war zum Bersten gespannt.

Der Staatsanwalt hielt das Dokument in der Hand. Harm spielte wie schon so oft vorher den nervenstarken Mann.

»Herr Staatsanwalt, haben Sie Geduld mit mir. Ich werde reden!« sagte er und blickte seinen Skatbruder Ideus verächtlich an. Er kümmerte sich nicht um die fragenden Blicke der anwesenden Familienangehörigen.

»Herr Mentjes, ich mache Sie darauf aufmerksam, daß alles, was Sie hier sagen . . .« begann der Staatsanwalt den mutmaßlichen Giftmörder zu belehren.

»Ersparen Sie sich die Hinweise. Ich möchte, daß alles, was ich hier vor Zeugen vorbringe, gegen und für mich ausgelegt wird«, unterbrach Mentjes.

»Sie haben das Wort, Herr Mentjes«, antwortete der Staatsanwalt.

Kim Traa schluchzte. Die übrigen Gäste schwiegen mit ernsten Gesichtern.

Mentjes stand wie ein Bühnenbild vor dem Tisch, und alles sah danach aus, als würde hier in der guten Stube des Landwirtes, in der am Heiligen Abend Swantje Mentjes an einer Dosis Gift verstorben war, ein Theaterstück aufgeführt.

»Sie halten mich also für den Mörder meiner Frau, Herr Staatsanwalt«, sagte Mentjes.

»Das ist korrekt. Sie müssen hier nicht aussagen. Sie können Ihre Stellungnahme vor dem Untersuchungsrichter abgeben«, sagte Dr. Duinmann. Man sah ihm an, daß sein Amt ihn nervlich belastete.

»Herr Staatsanwalt, Sie erfahren von mir die Wahrheit. Ich habe meine Frau nicht umgebracht«, sagte Mentjes, sammelte sich für Sekunden und fuhr dann fort: »Sie verweigerte mir den Beischlaf und begriff nicht, daß sie mich immer tiefer in den Sog des Trinkens stürzte. Unsere Gemeinsamkeiten schwanden dahin. Als Kerstin meinen Sohn Uwe in Hamburg während der Weihnachtsferien besuchte, fuhr ich wegen eines Skattermines zum Etzinga-Hof. Dort stand ein Golf, und wie ich heute weiß, war es das Auto meiner Frau. Onno und meine Frau hatten am Übungsabend des Kirchenchores teilgenommen. Weitere Beobachtungen bestätigten mir, daß sie es miteinander trieben. Ich war wie von Sinnen und beschloß, sie zu strafen.«

»Sie hegten Mordabsichten gegen Ihre Frau?« fragte der Staatsanwalt.

»Lassen Sie mich ausreden«, forderte Mentjes Dr. Duinmann auf. »Swantje schleppte nach meinem Verzicht auf harte Sachen mengenweise den Corvit in das Haus. Überall standen die Flaschen griffbereit herum. Ich wurde mißtrauisch und befürchtete, daß sie mit Onno ein Komplott schmiedete.«

Harm schwitzte. Er ließ sich Bier reichen und nahm einen kräftigen Schluck, dann sprach er weiter.

»Swantjes häufige Abwesenheit nahm mir den Schlaf. Ich wollte Anja und Uwe nicht mit meinen Problemen belasten und auch nicht den Ruf ihrer Mutter schädigen. Daß ich heute vor einem Staatsanwalt stehe, verdanke ich allerdings nicht meinem Mißtrauen, sondern einem Zufall. Wir feierten den Heiligen Abend. Swantje und Onno baten mich zu sich an ihren Tisch. Meine Frau war böse, weil ich hart blieb und es ablehnte, mit Onno einen Korn zu trinken. Sie holte Bier vom Getränketisch. Zwei Flaschen, eine für mich und eine für sich selbst. Es gab einen kleinen Disput zwischen mir und Swantje, der auch mich erregte, dabei vertauschte ich zufällig die Flaschen, und Swantje trank in einem Zuge ihre Flasche leer, die für mich bestimmt war.«

Mentjes zitterte. Sein Atem ging schnell.

Im Zimmer löste diese Darstellung Unruhe aus. Mentjes hatte sich frei von jeder Mitschuld an dem Tode seiner Frau gesprochen und sie und den Nachbarn zum erstenmal glaubwürdig belastet.

»Ruhe!« schrie der Staatsanwalt, als besäße er das Hausrecht. »Herr Mentjes, Ihre Frau und auch Ihr Nachbar Etzinga können keine Gegendarstellung mehr abgeben. Das Ehrenwort eines Angeklagten wird oft in Zweifel gezogen.«

»Ich habe Beweise, Herr Staatsanwalt! Oben auf dem Boden habe ich die Bierflasche versteckt, die das Gift enthielt«, antwortete Mentjes aufgeregt.

»Harm, wir haben die Bierflasche bei der Hausdurchsuchung gefunden, und das Labor hat bestätigt, daß sie Rückstände des Giftes E sechshundertfünf forte enthielt«, sagte der Kommissar.

»Das Gift war für mich bestimmt«, sagte Mentjes aufgebracht.

»Das klingt äußerst naiv, Herr Mentjes«, sagte de Vries. »Angenommen, Sie hätten Ihre Frau mit dem Bier vergiftet, dann würde die aufgefundene Bierflasche Sie nicht entlasten.«

Mentjes stutzte. »Dann hätte ich sie einfach weggeschmissen«, sagte er.

»Harm, und warum hat du uns deinen Verdacht vorenthalten?« fragte der Kommissar.

»Hätte ich Swantje nach ihrem Tode hassen sollen? Hätte ich ihren Nachruf schädigen sollen? Der Arzt hatte Herzversagen testiert. Das war plausibel und tragisch. Ich verzieh ihr, denn wir hatten vorher zufriedene Jahre mit unseren Kindern gemeinsam verlebt.«

»Herr Mentjes, uns fehlen die Möglichkeiten, das Geschehen am Heiligen Abend nachzuprüfen«, sagte der Staatsanwalt.

»Sie wollen weitere Beweise?« fragte Mentjes und lächelte sicher.

»Haben Sie welche?« fragte der Staatsanwalt.

»Ich habe Swantjes Handtasche versteckt. Onno Etzinga war so geschockt, als Swantje starb, daß er diese übersehen hat«, sagte Mentjes trotzig.

»Und was hat es auf sich mit der Handtasche?« fragte de Vries.

»In ihr befindet sich der Behälter mit dem Gift«, antwortete Mentjes.

»Ohne deine Fingerabdrücke?« fragte der Kommissar.

»Ja, das Gift wird aus Onnos Bestand kommen«, sagte Mentjes.

»Wir werden die Tasche an uns nehmen und den Giftbehälter im Labor prüfen lassen«, sagte der Staatsanwalt.

»Herr Mentjes, vielleicht richtete sich Ihre Frau selbst, angesichts der wachsenden Spannungen«, sagte de Vries.

»Das sehe ich anders. Swantje wollte leben und mich umbringen! Sie hatte die Hofarbeit satt. Sie träumte mit Onno vom späteren Glück und der zu erwartenden Lebensversicherung nach meinem Ableben«, sagte Mentjes kühl.

»Sie belasten mit Ihren Aussagen ebenfalls den ermordeten Nachbarn«, stellte der Staatsanwalt fest.

»Vielleicht schmiedete er den Plan. Swantje war ihm hörig. Es hätte geklappt. Bei meinem Übergewicht! Ich wiege fünfundneunzig Kilo. Ich rauche. Ein Infarkt hätte keine Fragen aufgeworfen.«

Traa Kim schluchzte und legte den Kopf auf die Tischplatte.

Die Beamten standen immer noch im Türrahmen. Im Kamin knisterten die abbrennenden Holzscheite. Die weißgedeckten Tische und die irritierten Feiergäste wirkten wie Beiwerk einer gespenstischen Theaterinszenierung.

Mentjes strich seiner Braut über das Haar und wandte sich an den Kommissar.

»Folkert, Kim Jong wird nicht lange schweigen«, sagte Mentjes. »Er haßte Etzinga. Onno hat Traa Kim schamlos auszunutzen versucht. Sie hatte sich nach der Absolvierung eines Deutschkurses in Norddeich auf eine Zeitungsannonce nach Bremerhaven beworben.«

»Und es gab nicht die versprochene Arbeitsstelle, sondern unser Skatbruder erwartete bei zugesagter Versorgung ihre Liebesdienste, wenn er anreiste«, sagte Ideus.

»Das weißt du?« fragte Harm überrascht.

»Noch schweigt Kim Jong«, antwortete der Kommissar.

»Er hat Onno bedrängt und bekam Ärger mit der Ausländerbehörde. Sie drohten ihm mit der Abschiebung und trennten die Geschwister. Kim Jong bekam einen Platz in Oldenburg, und Traa Kim kam nach Aurich.«

»Seit wann kennst du die Zusammenhänge?« fragte Ideus.

Traa Kim hob den Kopf.

»Ich sagen Chef, nachdem Bruder verhaftet«, sagte sie mit verweinten Augen.

»Harm, vielleicht werden die Richter seine Schwierigkeiten in ihrem Urteilsspruch berücksichtigen«, sagte der Kommissar.

»Können Sie uns weitere Hinweise aus dem Umfeld Ihres Landarbeiters geben, Herr Mentjes?« fragte der Staatsanwalt.

»Ich war Zeuge, als er Onno umbrachte«, sagte Mentjes.

»Vater, du warst in Onkel Onnos Scheune?« fragte Uwe entsetzt.

»Ihr Alibi, Frau Anja Mentjes?« fragte der Kommissar und schaute die junge Frau vorwurfsvoll an. Sie war sehr bleich und schwieg.

»Herr Staatsanwalt, ich muß einiges klarstellen, wie ich meine. Kim Jong und ich hatten länger als üblich gearbeitet. Traa Kim übernachtete in Oldenburg bei Verwandten. Kim Jong und ich aßen in der Küche einige Schnitten und tranken ein Bier. Als sich Kim Jong verabschiedete, machte ich noch einen Rundgang um den Hof. Kim radelte davon. Ich sah, daß er auf dem Gepäckträger seines Rades einen Jutesack unter die Klammer gesteckt hatte. Das machte mich stutzig. Die Tür zum Werkzeugraum stand einen Spalt offen. Ich betrat den Raum und sah sofort, daß ein Beil fehlte.«

»Sie schöpften Verdacht?« fragte der Staatsanwalt.

»Nicht direkt. Ich fühlte eine Unruhe in mir. Kim Jong konnte von mir alles haben, was er sich wünschte. Ich fragte mich, was er mit einem Beil wollte. Ich ging ins Haus zurück und legte eine präparierte Kassette in den Recorder.«

»Verzeihung, wieso eine präparierte Kassette?« fragte der Staatsanwalt.

»Ich hatte die Kassette mit Lärm und Trinksprüchen vorbereitet und bereits einmal benutzt, als ich abends hinter Swantje und Onno hinterherspioniert habe«, sagte er.

»Berichten Sie weiter«, forderte Dr. Duinmann ihn auf.

»Ich stellte meinen Mercedes vor die Garage, fuhr den Golf heraus und verschloß sie. Dann fuhr ich langsam in Richtung Aurich. Nach meinen Berechnungen hätte ich Kim Jong hinter dem Sägewerk in der Nähe der Edeka überholen müssen. Ich sah ihn nicht. Ich fuhr weiter. Erst an der Einfahrt zum Ostfrieslandhaus wendete ich. Ich kam mir albern vor. Ich fuhr im Schrittempo zurück. Erst als ich am Versorgungsweg zu Onnos Hof hinter Sträuchern ein Fahrrad sah, stutzte ich. Ich stieg aus. Fahrräder sehen alle gleich aus. Der Gepäckträger war leer. Mißtrauisch stellte ich den Golf auf einem Feldweg ab. Ich schritt ein wenig hin und her und beobachtete das Gelände. Es war noch nicht ganz dunkel. Dann sah ich einen Mann, der sich Onnos Hof näherte. Zunächst war ich mir nicht sicher, denn beim zweiten Hinsehen war er verschwunden. Entschlossen ging ich hinüber. Als ich mich dem Stall näherte, hörte ich, wie die Kühe unruhig blökten. Das war ungewöhnlich. Wenn die Tiere gesund sind, suchen auch sie den Schlaf.«

Mentjes griff wieder nach der Bierflasche und trank einen Schluck.

»Ich ging näher an den Stall heran«, fuhr er dann fort. »Das Wohnzimmerfenster war erleuchtet. Ich sah, daß die Stalltür geöffnet war. Vorsichtig schlich ich an der Hauswand im Schutz der Rhododendronsträucher entlang. Im Stall wurden die Lampen angeschaltet. Die Kühe zerrten an ihren Ketten. Ich schlich an die angelehnte Tür und sah, wie Kim Jong Onno Etzinga mit einem Beil entgegenstürzte. Der Vietnamese traf Onno mit dem Blocksatz an der Schläfe. Onno taumelte. Er versuchte, den kleinen Mann zu packen, doch Kim Jong entwischte ihm. Er ergriff eine Mistforke und rammte sie Onno in die Brust. Entsetzt rannte ich zum Wassergraben zurück und legte mich flach auf den Boden. Ich war einem Infarkt nahe und blickte gebannt auf die Stalltür. Ein Mann schlich, wie ich vorher, zum Seitenflügel des Tores. Ich sah, wie Kim Jong davonrannte. Der Mann betrat kurz den Stall und hastete dann ebenfalls geduckt davon. Ich wußte nicht, was ich tun sollte. Sollte ich mich stellen und beteuern, daß ich Onno nicht gehaßt hatte? Sollte ich meinen Landarbeiter verraten? Ich entschloß mich, zu schweigen.«

»Vater!« rief Anja Mentjes in die Stille.

Harm Mentjes setzte sich. Er war verschwitzt und blickte schuldbewußt um sich.

»Eine tolle Geschichte, Herr Mentjes«, sagte der Staatsanwalt.

Harm verließen die Kräfte. Er setzte die Bierflasche an den Hals und trank sie gierig leer.

Mentjes hatte einen zusätzlichen Zeugen erwähnt.

Wer war der Mann, der sich für nur wenige Sekunden am Tatort aufgehalten hatte? fragte sich der Kommissar und kannte die Antwort.

»Harm, du bist ein Dickschädel! Erinnere dich: Wie sah der Fremde aus, der nur kurz am Tatort erschien?«

»Er war größer als ich und schlanker«, antwortete Mentjes.

In die entstandene Stille sprach der Staatsanwalt. »Herr Mentjes, Herr de Vries wird Sie begleiten. Händigen Sie ihm die Handtasche Ihrer Frau aus.«

Harm Mentjes erhob sich. Er schaute Uwe und Anja an.

»Es tut mir leid, daß alles so gekommen ist«, sagte er leise. »Bevor ich Mutters Handtasche den Beamten aushändige, möchte ich mich mit Traa Kim verloben.«

Er griff in seine Jackentasche, holte die Goldringe hervor, streifte der bleichen Vietnamesin den Ring über den Finger und steckte sich den anderen selbst an.

»Gehen wir, Herr de Vries«, sagte er.

24

Im Reihenhaus in der Klipperstraße 25a waren die Räume stickig. Durch die geöffneten Fenster stieg die kalte, feuchte Luft des verregneten Nachmittags.

Das Haus wirkte ohne Leben und schien auf seine Besucher zu warten, die schicksalhaft alles hinter sich gelassen hatten.

Das Zimmer der alten Frau mit angefülltem Kleiderschrank und dem gemachten Bett, daneben stehend das Nachtschränkchen, das Tablettenschachteln enthielt, stimmte die Besucher nachdenklich. Sie warfen einen Blick in das Schlafzimmer der Beate Multhaupt. Auch ihr Zimmer war so hergerichtet, als könnte sie es jeden Moment betreten.

Schockierend jedoch empfanden die Besucher die Ausstrahlungen, die ihnen aus dem Kinderzimmer entgegenzuströmen schienen. Das klobige Holzspielzeug, das Netzgeflecht des Krabbelställchens, die Steiftiere, die mit blinden Augen auf die Rückkehr eines Kindes zu warten schienen. Das alles drückte die Tragik verwirrter Lebensbahnen aus, die vielleicht das Schicksal so gewollt hatte.

Der Kommissar vernahm die Stimme des Oldenburger Kriminalrates.

»Und hier ging Onno Etzinga mit einem Zollstock herum, um die Alte zu täuschen. Sie erkannte ihn auf einem Foto wieder. Für nur wenige Minuten war sie bei vollem Verstand, dann redete sie wirres Zeug. Doch nun sitzt sie in der Psychiatrie, als eine Irre, und dämmert ihrem Tode entgegen, der für sie eine Erlösung sein muß.«

»Hat er das Kind vergiftet?« fragte de Vries, der dieses

unglückliche Haus so schnell wie möglich wieder verlassen wollte.

»Ja«, sagte der Kriminalrat. »Sein Kind starb an einem Brei, der E sechshundertfünf forte enthielt. Etzingas Leben war verspielt, als Beate Multhaupt von dem Tod der Swantje Mentjes erfuhr. Er hatte erneut eine Frau unglücklich gemacht. Beate Multhaupt fand bei ihrer Sozialarbeit im Asylantenheim zu Kim Jong, der sich bereit erklärte, als ›Soldat und Kämpfer‹ Onno Etzinga zu töten, nicht zu ermorden: Sie zahlte ihm den Sold.«

»Herr Dr. Zander, Sie verloren Ihre Geliebte zweimal«, sagte der Staatsanwalt.

Der Bankmanager sah leidend aus.

»Beate hatte düstere Prophezeiungen von sich gegeben, Herr Staatsanwalt«, sagte Dr. Zander tonlos. »Sie erwähnte einen Traum ihrer verkalkten Mutter und redete von dem Geschwafel ihres behinderten Jochen, der, so meinte sie, zwischen uns gestanden hatte. Es gelang mir nur schwer, ihre Gedanken zu deuten. Als ich sie zu Hause nicht antraf, fuhr ich in Panik nach Aurich. Das mit dem Bild stimmte. Ich nahm es zum Anlaß, um Onno Etzinga aufzusuchen. Vielleicht wollte ich ihn warnen? Ich war wie von Sinnen. Als ich den Hof gefunden hatte, hielt ich alles für einen irrsinnigen, hysterischen Einfall. Doch ich wurde Zeuge und stand vor dem Opfer, das der Vietnamese im Auftrag von Beate getötet hatte.«

»Sie vergewisserten sich, daß der ehemalige Freund Onno tot war?« fragte der Kommissar.

»Ja«, sagte der Bankmanager.

»Der Fußabdruck«, sagte de Vries.

»Was hat er auf sich?« fragte Dr. Zander.

»Nichts, Herr Dr. Zander. Sie kamen zu spät«, sagte der Staatsanwalt.

Sie gingen nach unten. Der Kriminalrat legte die Protokolle auf den Tisch.

»Ich benötige noch Ihre Unterschriften«, sagte er müde.

ENDE

Ein brillant geplanter Coup wird zum Spiel auf Leben und Tod

Dreißig – und weder Haus, Auto noch Boot? Das Leben zu Ende, bevor es richtig angefangen hat? Für das arbeitslose Lehrerpärchen Angelika und Andreas gibt es nur noch eines: Ab in die Südsee! Und da den beiden das nötige Kleingeld für den Kauf einer 300.000-Mark-Yacht fehlt, ist die Entscheidung schnell gefallen: Sie wird einfach geklaut! Mit Intelligenz und Sorgfalt fädeln sie den Coup ein und bereiten ihn so vor, dass nichts mehr schief gehen kann. Bis sie an Bord eine Leiche entdecken und sich mitten in einer Geschichte wiederfinden, aus der sie nicht mehr aussteigen können ...

ISBN 3-404-14882-7

BASTEI LÜBBE

13 mörderische Kurzgeschichten vom Meister des Friesenkrimis

Sommer, Sonne, Strand und Leichen – wer kann das besser unter einen Hut bringen als Theodor J. Reisdorf, der Meister des Friesenkrimis? Hier legt er seinen Lesern eine Sammlung von 13 kleinen Mord(s)geschichten vor, die wie auch seine Romane den eigentümlichen Charme seiner Heimat atmen ...

ISBN 3-404-14904-1

BASTEI LÜBBE